青春與惡魔
1
者—池田明季哉
插畫—ゆーFOU
U0025960

我不禁覺得「好美」——那是宛如人偶的完美身姿。
而她的身軀，正熊熊燃燒著。
簡直像是生日蛋糕上頭的蠟燭似的。

「我一直很想教會妳
當個輸家的心情呢。」
伊藤衣緒花
Ioka Ito

「啊，妳是來看自己
輸給蘿茲的地方嗎？」
蘿莎蒙・羅蘭・六鄉
Rosamond Roland Rokugou

「欸，你還醒著嗎？」

「那個……有葉同學，你為什麼願意一直陪著我？」

A O H A L D E V I L

Written by Akiya Ikeda　Illustration by YUFOU

最偉大的莫過於熱情了。
倘若失去熱情，那人類還剩下些什麼？
用盡全力去愛一個人，是可以反覆好幾次的事吧。
但要是失去熱情、燃不起烈火、乘不了火勢，
人類就沒辦法活下去。

——黛安娜·佛里蘭

序章　屋頂上的生日蠟燭

那天晚上，火焰自她的體內竄出。

居然把智慧型手機忘在學校，連我都不禁覺得這樣的失誤很蠢。

要是在白天察覺到，只要回學校一趟就沒事了。但待我有所察覺之際，已是深夜時分。話雖如此，反正教室裡也不會有其他人，只要等到明天早上就好。畢竟只是手機離身，倒不至於為此鬧出人命。

只不過，我突然想到今天還沒領取手機遊戲的登入獎勵。倘若錯過了今天，我的連續登入獎勵就要失之交臂了。我對這款遊戲不是很熱衷，頂多就是以一種習以為常的態度在玩——儘管如此，還是覺得少了這樣的獎勵有些可惜。無論是誰，都會希望能未雨綢繆地避開損失吧。

只是這麼單純的理由……

就讓我朝著學校前進。

現在回想起來，這樣的判斷可說是大錯特錯。

只要不是循規蹈矩的行為，往往便會喚來「邪惡」。

我隱約懷著自己正在做壞事的心情，踩著腳踏車踏板朝學校前進。和旋轉的前輪同步運作的前燈，將看慣的風景照出了陌生的陰影。

明明還是初夏時分，空氣卻已變得溫熱。微風和塵埃的氣味填滿了我的全身。陌生與熟悉這兩種截然相反的心情，悄悄地滲入我的肌膚。

我抵達了由砂石和鐵件構成的停車場。將腳踏車停在角落的當下，我便察覺到有點不對勁。已經看慣的學校屋頂……

我發現——那兒似乎有光點搖曳著。

藍色的光源化作反光，將黑暗裡的校舍映出四方形的輪廓。

……那是什麼？

我的背脊竄過一道惡寒，身軀為之顫抖。

但都特地跑了這一趟，我終究不打算就此打道回府。

我決定按照原訂計畫，偷偷潛入學校。

學校的保全系統，說穿了就和地雷沒兩樣。一旦知道設置的地點，便能採取繞道而行的方式應對。

我翻過校舍後方的鐵網，打開地球科學準備室鎖壞掉的窗戶，爬進教室。都讀到二年級了，就算再怎麼不情願，「其實有條路徑可以在晚上時潛入學校喔」——這類風聲也會傳進耳裡。我萬萬沒想到，自己還真的遇上了能驗證這個風聲真偽的機會。

我將脫下的鞋子輕輕地放在地板上，就這麼穿著襪子踏上走廊。

夜晚的學校一片寂靜，自窗外映入的路燈燈光，將眼前的一切都照成藍色。和平時穿的室內鞋不同，穿著襪子並不會發出腳步聲。我屏氣凝神地前往教室，在被拉開教室門扉的「咔啦啦」聲響嚇到的同時，我潛入教室，搜索起自己的課桌。

碰觸到符合想像的冰冷四方形物體之際，我不禁按住胸口，鬆了口氣。

我為了確認而開啟手機螢幕，刺眼的光芒讓我瞇細雙眼。

很好，既然目的都達成了，便沒有久留的必要。

只不過——

我莫名地對屋頂上的狀況感到在意。

「那到底是怎麼回事啊？」

我的自言自語迴盪在無人的教室裡。

應該是我眼花了吧？

以合理性來說，就這麼離開才是上上策。

我卻不知為何被那道奇妙的光芒給吸引。

我將手機塞進口袋，小跑步——但沒發出腳步聲地衝過走廊，爬上階梯。鋪在階梯邊緣的防滑金屬條扎得我腳底生疼。

屋頂的門是鎖著的——雖說校方總是如此宣稱，但那只是表面功夫罷了。絕大部分的學生都知道，只要稍稍一扳鬆動的門把，就能把門鎖打開。

我輕手輕腳地打開了門。

映在眼前的是一片深夜的漆黑。

理應如此。

我卻看到了她的身影。

內心不禁冒出「好美」一詞。

她纖細修長的身材宛如彗星的曳尾。勾勒出身體輪廓的深藍色薄禮服在星空之中飄揚。長髮隨風流淌。長長的雙腿套著鞋跟長得不可思議的高跟鞋，鞋底刺進了屋頂的地板。一枚小小的星型髮飾別在她的瀏海上，閃爍著點點光芒。

那是宛如**人偶**的完美身姿。

而她的身軀，正熊熊燃燒著。

橙色的火焰隱隱綻放著藍色微光，融入深藍色的夜空。帶有熱度的發光穗粒爬過她的肩頭，衝上她的脖頸，躍上她的頭髮，最後則是從頭頂伸向天空。

簡直就像是生日蛋糕上頭的蠟燭。

飛舞而過的一片落葉，與這道火焰進行了接觸。宛如死去的生物般緩緩飄落的葉片，很快就被燒成深紅色，並化為一抹飛灰。

不知為何，這道火焰並沒有灼燒著她的身體、頭髮和衣服。

就在這時，我親眼看到了。

在她大大地敞開的胸口處。

有**某個東西**從中爬了出來。

那嬌小黝黑的玩意兒動著手腳，拖曳著尾巴，快手快腳地爬上她的頸邊。

奇妙的是，那玩意兒看起來並不立體，彷彿影子一般。

不過，那樣的輪廓顯然是——

「蜥、蜥蜴……？」

我以視線追逐著牠的身影。

隨即對上了她嚴陣以待的雙眼。

那是宛如雷射光的筆直目光。

她的雙眼驀地一晃。

薄薄的雙唇似乎動了動。

看到這一幕……

我立即衝下階梯。

「該、該怎麼辦？」

我邊跑邊思考了起來。那是怎麼回事？那究竟是什麼玩意兒？是幽靈嗎？不對，那看起來是真人——但她燒起來了對吧？她的確起火了，況且是個女生。得想辦法處理才行。該啟動火災警報器嗎？不行，這樣一來會把事情給鬧大的。還是說該拿水桶打水？掃具箱裡一定翻得到水桶，但沒水是不是太花時間了？現在可沒有多餘的時間可以慢吞吞地打水啊。

此時，一個紅色的物體映入了我的眼簾，讓我急忙煞住腳步。襪子在滑溜的走廊上持續滑行，讓我連忙用上雙手減速。

方才掠過眼前的，是一支滅火器。

「就是這個！」

我抓住滅火器的黑色握把，將它舉了起來。寫著密密麻麻注意事項的金屬製瓶身，有著沉甸甸的重量，但不是磨磨蹭蹭的時候了。我衝過走廊，躍上階梯，並回想著滅火器的使用方法。得救她才行。

衝上階梯的頂層後，我一腳踹開半開的門扉。

眼前卻空無一人。

「怪、怪了……？」

無論火焰還是她，都消失得無影無蹤。

我四下張望，發現有東西落在地上。

是個能收進掌心的白色物體。

我放下滅火器，蹲下身子撿拾起來。

藍色貼紙上的反白文字，昭示了這是什麼樣的商品。

薄荷糖。

這是**她**遺留的物品嗎？

我稍微搖了搖，盒子裡隨即傳出「咔沙咔沙」的聲響。

與內心躁動時的聲響有幾分相像。

此時此刻的我仍一無所知。

不僅不知她的身心都被迫切的心願給**炙得焦黑**。

也不曉得那心願即將**燒毀**我安穩的日常。

我仰望夜空，只見繁星點點。

星星綻放的光芒，和她釋出的火光相互交疊。

我也在此時察覺——徹底明白了一件事。

這一天，我所做過的一切選擇都是錯誤的。

正因為這層出不窮的錯誤，才讓我碰見了她。

倘若這樣的邏輯成立⋯⋯

這次的邂逅就不是一樁**好事**。

相遇本身即是**壞事**。

天際的重力受到願望吸引，將一切扭曲殆盡。

而就在璀璨的星空下——

我的**青春**伴隨火焰，傳出初啼。
一道流星劃過了夜空，很快便燃燒殆盡。

池田明季哉

插畫－ゆーFOU

Written by Akiya Ikeda　Illustration by YUFOU

Published by DENGEKI BUNKO

Kadokawa Fantastic Novels

AOHAL DEVIL

第1章 這間學校有暴龍

AOHAL DEVIL

『大家好，我是伊藤衣緒花。今天讓我們來聊聊拍攝的話題吧。前些日子，我順利拍完了雜誌的採訪特輯。這次的穿搭是和造型師討論後挑選的。連身裙可以展現品牌的優點，剪裁也很精緻，質地更是舒適——』

這天早上，一如以往地抵達學校的我，正茫然地盯著手機上的影片。

這世界每天都以目不暇給的速度流動著。

按讚、轉發、回應、趨勢榜——我正愣愣地看著這些接連流動的資訊。有時會像剛剛那樣點開影片來看，有時則會點開當紅的遊戲玩一下，又或是隨手翻閱蔚為話題的漫畫。周而復始。

這些資訊充斥著我的內心——不如說已然氾濫過頭。好比天上的星星多到沒辦法一一數清那般，我就只是在遠處眺望著那些不知其名的群星罷了。

時間日復一日地被我這樣隨意地浪費掉，過著以慣性登入世界的日子。

——我總覺得自己之於這個世界，就只是小石子般的存在。

仰望天空的冰冷路邊石子……

這就是我。

不過，這世上也有和我不一樣的人。

亦即在天上綻放星光的人種。

我從口袋裡取出薄荷糖的盒子，咔沙咔沙地搖了幾下。

將視線轉回手機的影片後，我便看到她的頭髮上有**星星**在閃爍。

對於這理所當然的疑問，我迄今還是理不出一個答案。

「她」為什麼會待在那裡呢？

不對，話又說回來，我看到的真的是現實裡的光景嗎？

「早啊，有葉。」

「嗯，早。」

聽到從身後傳來的搭話，我頭也不回地回應道。

隨即，有東西伴隨著「砰」的一聲放到了我的課桌上頭，那玩意兒的壓迫感真是非比尋常。

我抬起視線，發現有許多四邊型的塑膠盒子層層堆疊，在我面前堆出了一座小山。

即使我坐在座椅上，也得仰起脖子才看得到這座塑膠塔的塔頂。

「這什麼鬼？」

「ＣＤ。咱說過要借你聽了吧？」

說著，高塔的主人自豪地抬起胸膛。

宮村三雨是坐在我隔壁的同班同學。

晨光穿透了她染成金色的頭髮，令她的耳飾閃閃發光。但和誇張的打扮相反，她的雙眼散發著討喜的氣息。明明已經是初夏時分，但她仍在制服外頭罩了件連帽上衣，和她嬌小的身形一搭，給人黑兔般的形象。

她一副打扮得就是熱愛搖滾的行頭，而實際上一點也不讓人意外地——她真的是個愛搖滾成痴的女子。

由於打扮得太過亮眼，加上喜好又過於明顯，是以她在班上也是個受到眾人敬而遠之的存在。而我之所以能和她說上話，則是基於單純的偶然。

某一天，在她離開座位的期間，擱在她課桌旁的吉他驀地滑了下來。在吉他落地之前，我發出了怪叫飛撲過去，這才勉強讓吉他逃過了一劫。剛好在此時返回教室的三雨，為我出手營救吉他一事感激不已。而從那天起，她便熱情地對我布道搖滾樂的美妙之處。

無論前因為何，總而言之……

我們就此成了朋友。

我將手機擱在課桌的角落，再次仰望起三雨打造的高塔。

「我沒聽說過妳要借我ＣＤ，而且還多得像座高塔。」

「這都是70年代的歌，還是屬於低階層的範疇喔？」

「別講得像是遊戲的難度一樣。是說，我就算拿了ＣＤ也沒辦法聽啊。」

「咦？」

「我又沒有播放器。」

「地、地球上居然還有這樣的人類存在嗎？」

「我雖然對搖滾星的常識一無所知，但在地球上應該還挺尋常的喔。」

「那、那就趁著這機會來一趟逆時之旅吧！不能聽CD的話，咱也傳PV影片給你看！咱最推薦的，是名為『慣性』的日本樂團喔。他們最近才終於主流出道，而且主唱非常帥氣呢！原本旅遊海外的吉他手總算是回來了，然後音色也變得偏向美式……」

她的長篇大論，對我來說幾乎全都是從右耳進左耳出。

聽到有這麼一個團體被她大力推薦，我也不禁湧上了羨慕的念頭。

這肯定就是我想和三雨維持友誼的理由吧。

因為腦子裡想著這些事，讓我一時大意了。

也因此，我沒發現三雨拿起了我放在桌上的手機，正準備播放螢幕裡的影片。

「嗚哇，別隨便看別人的手機啦！」

我連忙想從她的手裡奪回手機，但為時已晚。

暫停中的影片映入了三雨的雙眼。

「什麼啊，這不是小衣緒花嗎？看你這麼慌張，咱還以為你看的是更加下流的影片呢。」

「咦？妳也知道她啊？」

「那不是廢話嗎？說到伊藤衣緒花，可是咱們學校的巨星呢。」

「我還以為妳對搖滾樂以外的事物毫無興致呢。」

「有葉都知道的事，咱哪有可能不曉得呀？」

「不不，就興趣取向的偏門度來說，我應該是甘拜下風才是……」

「咱可不想被無興趣楷模的有葉這麼說呢。」

我登時無言以對。不過，三雨似乎是真的知之甚詳，只見她口若懸河地說明了起來：

「畢竟她——真的很厲害呀。你也看到了這篇影片的播放次數了吧？雖說沒上過電視，但她的照片早就在各大雜誌和名牌的宣傳照上出現過了。聽說她從國中就開始當起了模特兒，真是讓人景仰呢。咱入學的時候也因為這位名人的關係而騷動了一番，到了春季的時候，想向她告白的男生甚至還大排長龍呢。」

「把人家講得和拉麵店一樣……」

我皺起了臉龐。這種講法未免太輕佻了吧？

「不過，和她告白完的男生全都被抨擊得體無完膚，紛紛變得自信全失呢。經此一役，小衣緒花便被安上了這樣的外號——」

她接下來說出口的話語，著實是出乎意料。

但又莫名帶著痛快的口吻。

「——逆卷高中的**暴龍**。」

霸王龍、恐龍之王、T－REX。

據說生存於白堊紀，是史上最大等級的肉食恐龍。

被超乎預期的力道擊潰了輕薄邪念的人們，懷著恨意和敬畏之情加以命名。

這強悍的外號和我對她的印象完全相符。

我回想起昨天晚上發生的事。

她為什麼會在那個時間待在屋頂？

更重要的是，那些火焰是怎麼回事？

不對。

我大概——明白那些火焰的來歷。

就在這個時候。

原本鬧哄哄的教室驀地安靜下來，讓我倆在困惑之餘抬起臉龐。

室內鞋在地板上擦出了嘎吱聲，一道挾帶著囓咬之勢的嗓音隨之響起：

「在原有葉同學，我總算找到你了。」

我和三雨同時將視線投向了發話者的方向。

而站在那裡的……

正是伊藤衣緒花本人。

「請跟我走一趟。」

那冷冰冰地發號施令的模樣，和火焰可謂恰恰相反。

宛如流水般傾瀉的黑髮，有如天空般透明的肌膚，彷彿蝴蝶般輕曳的睫毛，如同花朵般綻放的雙唇。

與細窄下頷相連的頸子，像是瀑布般絲滑地流至胸口。她的頭部小得讓人驚訝，腰部細得讓人以為自己眼花，手腳則是長得讓人不敢置信。正因為穿的是千篇一律的制服，是以更加彰顯出她的身段之美。不管怎麼看，都很難想像她和自己是屬於同一種類的生物。

但最讓人留下深刻印象的，還是她的雙眸。

在那細長眼型的深處，可以看到低調卻確實存在的熱度，讓人聯想到在黑暗之中閃耀的星星——若要打個比方，就是北極星了吧。

她眼裡的光芒和在頭髮上閃爍的髮飾相得益彰，甚至壓制了整個空間。

原本吵成一團的整個班級，如今都壓低了嗓子作勢窺探。

光是現身當場，就足以改變一切。

她簡直像是世界的中心似的。

宛如利牙般銳利的雙眼筆直地朝我刺來。

我感覺到自己的背脊驀地一顫。

總覺得自己就像是被巨大捕食者盯上的草食動物。

就在我一頭霧水的時候，她跨著大步朝我走近。

在來到幾乎要撞上我前胸的距離後，她惡狠狠地盯著我看。

「你沒聽見嗎？怎麼沒回應？」

「妳、妳說要陪妳走一趟，可是馬上就要上課了啊。」

「那又如何？」

「不不，等下歷史課有小考……」

「那豈不是更該和我走一趟？」

「什、什麼意思？」

她冷哼了一聲，撩起了自己的頭髮。

「因為我是會在世界史上留名的女人。」

我一時之間整個傻住了。

這話一點邏輯也沒有。

雖然沒有邏輯——但因為她講得實在是過於坦蕩，讓我不禁為之震懾。

她趁機將手迅速一伸，抓住了我的手臂。

「廢話少說！快點跟我過來一趟！」

我被她用力一扯，就這麼失去平衡，一腳絆到了課桌。

放在桌面上的ＣＤ漫天飛舞。

正方形的塑膠盒如雨般撒落。

透明的盒子反射著從窗外射入的陽光，閃耀著光輝。

在搖晃的視野裡，我看到了其中一個盒子上頭的文字。

二十世紀少年（20th Century Boy）。

這時的我，還不曉得這是一首怎樣的曲子。

但我能確定的是……

一顆小小的**石頭**，就這麼被巨大**星星**的重力牢牢地攫住了。

■

市立逆卷高中，是一所有著開放校風的升學學校。

但這也只是專挑好的一面來講罷了。實際上來說，校方對學生採行放任主義——像是學生即便打扮得像三雨那樣華麗，他們也不會說三道四，但取而代之的是，校方在教學方面極為紮實。這間絕對算不上是照顧學生的學校之所以能發揮著升學學校的功能，是因為提供了想深入學習的那些資優生充實的軟硬體之故。但反過來說，只要成績變得一落千丈，就再也不會獲得任何奧援。依照個人的觀點不同，這既能說是尊重學生的個人意願，也可以說是對學生採取放牛吃草的態度吧。

而這種表裡不一的校風也體現在管理設施的態度上。雖然表面上來說，校舍看起來相對新穎，在打掃方面也做得井井有條，但對於一些較小的瑕疵就往往採取置之不理的態度。沒錯，像是能透過無法上鎖的窗戶潛入夜晚的學校，又或是能輕易打開理應上鎖的屋頂門扉，都是不折不扣的例子。

而我們能像現在這樣隨意闖入空教室，也是這般態度的體現。

「好啦──」

我在被拉進無人的空教室後，便和她展開了對峙。

「──你應該明白自己為什麼會被帶來這裡吧？」

她背對著門堵住了我的逃跑路徑，朝我逼近而來。

空教室拉上了窗簾，明明還是早晨卻顯得昏暗。學生們在上課前發出的喧囂，隱隱約約地傳進了耳裡。就在此時，她像是要將獵物逼入絕境似的，朝我瞪了過來。

「這個嘛……因為是被硬拐來的，我不是很清楚。」

「什麼叫硬拐來的，真難聽。」

「妳是不想被人聽見，才選在這裡對話的吧？」

「既然都連這點都明白，你就別裝蒜了。」

面對她過於高壓的態度，我不禁嘆了口氣。

「……是指屋頂上的那件事吧。呃……伊藤同學？」

「請別用那種平凡無奇的名字稱呼我。」

「這不是妳的本名嗎？」

「我不太喜歡自己的姓氏。」

「我哪曉得妳不喜歡啊？那……衣緒花？」

「雖然覺得敬意不太夠，但我就睜一隻眼閉一隻眼吧。」

她以滿意的表情點了點頭後，隨即用修長的手指直指著我。

「我的要求很簡單。不准你把『那件事』說出去。」

姑且不論這扎人而低沉的聲調，她要求的內容確實是在我的預期之中。

我將視線投向別在她頭髮上的星星髮飾。

果然「那件事」是真實發生過的，而且確實是衣緒花本人。

「我也沒打算特意張揚啊。」

「我憑什麼相信你？」

說起來，就算對外宣稱「知名時尚模特兒在屋頂縱火」，我也不認為會有人相信。但她似乎不打算就此罷休。

「呃——因為對我沒好處？」

「哪可能沒有好處啊。你可是抓住了我這個偉人的把柄呢。」

「妳居然承認那是把柄啊……」

「我、我就算不親自承認，只要想想也能明白吧！總之，如果你還想過上正經的人生，就把和我相關的記憶從腦袋裡抹掉吧。動作快點。」

「我也沒打算一頭栽進別人家的事啊。」

「你懂就好。那麼，我們就此分道揚鑣。如果你敢反悔……」

「反悔的話？」

「就請你做好人生被毀的覺悟。」

在發出恐怖的威脅後，她便調轉腳步轉過身子。

真受不了啊——我這麼想著。

如此一來就結束了。她和我的日常將再也不會有任何的交集。

就像是月亮與鱉（註：出自日文諺語。雖然同為圓形，大小卻有天壤之別）、雲朵與泥、星星與石頭，這只是單純的交通意外。

——然而，另一個想法也浮現了上來。

就這樣置之不理真的好嗎？

要說為何？

那是因為我知道……

那道火焰並不是尋常的火焰。

她剛剛對我提到了「正經的人生」，這顯然是她的威脅之詞。

但衣緒花本人又如何呢？

她真的過著**正經的人生**嗎？

腦海裡閃過了屋頂的光景。

她熊熊燃燒的身影。

當時，我為什麼會特地跑去搬滅火器？

理由再明白不過了。

因為我覺得她微動的嘴唇說出了那幾個字。

——救救我。

「衣緒花，我有兩件事一定得和妳說。」

「嗄？什麼事？」

她轉頭看來，看似不悅地挑起了一邊的眉毛。

「首先是這個。」

我從口袋裡掏出了薄荷糖。

衣緒花睜大了雙眼，邁開大步朝我逼近。她用像是要把我咬碎般的氣勢，將那白色的盒子一把搶走。

「我不會向你道謝。」

「我不在意啦。還有另一件事——」

即便有些害怕，我還是說出口了。

「——我知道妳的**祕密**。」

下一瞬間。

她甩動了長髮。

在我理解到發生了什麼事時，**狩獵**已經結束了。

她跨出一步，伸出手臂。我反射性地向後一退，卻沒能躲開。我被她抓住，身體頓失平衡，在我還來不及眨眼的時間內——

世界變得天翻地覆。

不對，是我飛上了半空。

我的背部重重地摔在地板上。沒辦法呼吸。不幸中的大幸是沒撞到頭部——不對，是她拉住了我的上半身，避免讓我撞到頭部。

我癱在地上的身軀感受到了一股重量。

衣緒花跨坐在我的身上。她將我的雙手按在頭頂上方，讓我動彈不得。這力量也太強了吧？也許是表情洩漏了我的想法，她像是在嘲笑我似的冷哼了一聲。

「我是個模特兒，所以對人體瞭若指掌。」

「好痛好痛……不是這方面的問題啦……」

「還有，我稍微學過一點柔道。熟知身體的動作是很重要的。況且和電擊棒或是特製警棍不同，肉體是合法的武器呢。」

「武術是不該當成凶器使用的喔。」

「不，我這只是積極地防身罷了。」

「別把先發制人講得這麼好聽啦。」

「你廢話真多。要是不乖乖聽我的話……」

衣緒花放開我的手臂坐起上身，倏地解開了制服的緞帶。接著，她以行雲流水的動作解開了襯衫的鈕釦。那雪白的胸口過於耀眼，讓我不禁別開了目光。

「妳、妳在做什麼？」

她沒有回答，而是從口袋裡取出了四角型的鑰匙圈，用拇指貼住了上頭的按鈕。

我雖然打算起身，但她用另一隻手抵住了我的胸口，將我壓制在地。

她看著我的雙眼，露出了邪惡的笑容，並這麼開口道：

「——我要毀掉你的人生。」

原來那根本不是鑰匙圈。

而是隨身警報器。

這也太誇張了。這種鬼模特兒到底要去哪個世界才遇得到啊？

與此同時，我也不得不承認——這樣做非常有效。只要衣緒花按下按鈕，想必就會有大量的人潮從周遭的教室湧入吧。她光是稍微演個戲，我就會成為施暴的加害方了。

「就叫妳冷靜了！」

「這都是你不好喔。誰教你亂講話。」

「等一下！我知道妳會冒出火焰的『原因』啊！」

「……我憑什麼要相信你的謊言？」

她嘴上這麼說，但我的肌膚能感受到衣緒花內心的強烈動搖。

我作勢推開她的身子，並緩了緩呼吸。

「我當時原本是想滅火的……但仔細想想，妳那時的反應並不慌張。明明自己的身體正在熊熊燃燒——反過來說，這也代表那並不是第一次發生了。難道說，妳平時就偶爾會發出**那種現象**嗎？」

「那又如何？」

「所以說，我說不定有辦法根絕妳的火焰。」

「我才不會被騙呢。你肯定只是信口開河，打算在賣我人情之後胡作非為吧？真是個下流的男人。夠了，你只要發誓不對外張揚就行了。別讓我多費功夫了。」

聽她這麼一說，我確實也覺得要讓她相信並不容易。

不過，我到底該怎麼說才好？

就在我的視線游移打轉之際——我看到了。

一道黑影從她敞開的胸口爬了出來。

「又是那隻蜥蜴！」

蜥蜴爬上她的脖子，迅速地躲入了後背。

「你在說什麼？」

衣緒花對我投來訝異的視線。

不會錯的。

這是**徵兆**。

而我隨即有所察覺。

「身體……好燙……」

「你果然在想下流的念頭嘛！」

「這是不可抗力——不對啦！我不是說自己的身體，是妳的！」

「你在胡說……什……麼……嗚！」

佯裝平靜的話語，在說到一半時動搖了起來。她的呼吸迸出了藏不住的紊亂。

透過身體傳來的溫度，已經遠遠超越了人類的常溫。

我環顧著周遭。

課桌、椅子和地板，全都是木製的。

換句話說。

全都是可燃物。

我想起了屋頂上的那幅光景。

要是和當時一樣噴出火焰，就會釀成不得了的慘劇。

就在這時……

叮、咚、噹、咚——

上課的鈴聲響起。

有那麼一瞬間，她的視線從我身上挪開了。

我沒錯過這一瞬間的機會，抓住了她的手。噹——隨身警報器掉落在地發出了聲響。在她倒下之後，我坐起了身體。剛才那驚人的力道已不復存，抓在我手裡的纖細手腕和熱度，讓我為之一驚。

「放、放手……」

「別說這種傻話了！」

「我叫你……放開我……！」

她雖然試圖起身，但隨即雙腿一軟，眼看又要倒下。

我連忙撐住她的身子。透過肌膚的接觸，我能明白她的體溫正在逐漸升高。

「住手……快放開我……」

「我哪能放開妳啊！總之得先離開這裡才行。」

「沒關係……我會自己……上屋頂……去……」

「不行！來不及了！」

小小的火焰從她的肩頭閃現。

看來已經沒時間了。

衣緒花纖細的下頷前端，此時已經凝聚了汗珠，而她呈現渾身無力的狀態。倘若移動到屋頂上，確實不會釀成火災。但在這種情況下，想帶她爬上階梯顯得相當困難。

既然如此，我只剩下最後一個選擇。

若是在**同一層樓**，或許還來得及。

「快點站起來！我們走！」

我讓她的手臂環過肩膀，幫助她起身。她的腳步依然虛浮，體溫再次攀升。光是長時間和她接觸，就讓我大感吃不消。

「往這邊！」

我拖著她的身軀，在走廊上快步而行。

現在已是早上班會的時間，所幸四下無人，就算真的被人責難，我也多的是藉口可以打發對方。

畢竟**目的地**確實就是這麼方便。

她看似痛苦地歪起了嘴唇，顫抖著翕動了起來。

「為……什麼……」

我其實也不曉得為什麼要幫她。

感覺就像受到某種強大力量的牽引，讓我不得不這麼做似的。

若要比喻——

我就像是顆受到了重力牽引的隕石。

我掠過了一如以往地開著班會的教室。

托著她的肩膀跑了起來。

■

我倆在杳無人煙的走廊上跑了一會兒，打開了目的地的門扉。白色的門扉發出了「喀啦喀啦」的聲響，隨即撞上了門擋「砰」地回彈了一下。

「佐伊姊！」

「嗚哇？」

原本坐在門扉後方的那名人物，整個人從椅子上彈了起來。

她回頭看到我的臉孔後，便按著胸口重重地嘆了口氣。

「什麼嘛，原來是有葉小弟呀。進保健室之前要記得敲個門啦。要是被人瞧見我摸魚的模樣，你要怎麼賠我呀？」

說著，她將遊戲機扔進桌子的抽屜，將歪掉的眼鏡推正。

隨性地紮在頭頂上方的頭髮染成了明亮的顏色，她整個人散發著像是剛洗完澡的慵懶氛圍。女子前凸後翹的身材搭上貓眼型眼鏡，莫名給人蜜蜂般的印象——而且還是特大號的虎頭蜂。雖然身材高挑，但因為態度平易近人的關係，要是她穿上制服，說不定會被誤認為學生呢。

她甩了甩剛剛還拿著洋芋片的手指，隨即將手插進了罩在外頭的白袍口袋。

沒錯，她穿著白袍。

這也是理所當然的——因為這裡是保健室。

這位無可救藥的不良保健老師，名為齊藤佐伊。一般來說，她在上班時間吃零食打電動的行徑可說是大有問題，但現在並不是譴責她的時候。

我將衣緒花攙扶至保健室的最裡側。

「她就是我提到的那個女生！」

昨天在屋頂上目擊了衣緒花釋出火焰的光景後，我便在抵家之後傳了訊息給佐伊姊。畢竟佐伊姊是對**這類現象**多有著墨的**研究人員**。

「你說那個女生……難道是？」

「嗯，她被附身了！」

「這話該早點說啊！」

佐伊姊慌慌張張地拉上窗簾，隨即衝到門邊上了鎖。這同時遮擋了光線和來自外頭的視線。室內驀地變得昏暗，衣緒花那難受的呻吟也不再迴盪，而是溶入了黑暗之中。

佐伊姊匆匆用手按上了衣緒花的額頭，隨即皺起了臉龐。

「唔，還真燙。是什麼症狀？」

「我不是說過了嗎，是發出火焰啊！」

「火焰？你為什麼把她帶來這裡呀，是想把這裡燒個精光不成？」

「抱歉，但來不及把她帶去其他地方了！」

佐伊姊以熟練的手法確認著衣緒花的雙眼，並擠壓她的臉頰確認口腔。

「這……你有看到動物冒出來嗎？」

「有！」

「是哪種動物？」

「我想應該是……蜥蜴？」

「大小呢？」

「呃……大概這麼大！」

我回想著那玩意兒的輪廓，用食指和拇指比出了大小。

「她有意識到嗎？」

「不曉得，但應該看不見。」

「她有沒有吐出什麼東西，或是發出夢囈？」

「就我所見是沒有。」

佐伊姊交抱雙臂，開始喃喃自語了起來：

「蜥蜴和火……是火蜥蜴（Salamander）……那就和鳳凰無關了呢……若是以視線作為線索，應該是第五十一或是五十二號？不不，應該想得更直接一點……但只有有葉小弟看得見……既然如此……」

「她變得更燙了！快想想辦法呀！」

我整個人慌了起來。

我以為只要來到這裡，佐伊姊就能三兩下擺平——我對此深信不疑。

佐伊姊卻自顧自地思索了起來。衣緒花如今的體溫已經變得和暖爐差不多了。不該是這樣的。要是衣緒花從身上釋出火焰，可就大事不妙了。

「……我沒事。我……我有辦法……自行處理……」

但回應我話語的，並不是佐伊姊。

我困惑地將視線投向她，只見她以顫抖的手伸入口袋，隨即取出了薄荷糖的盒子。

「啊，那是……」

衣緒花沒有回話，逕自將薄荷糖一粒粒倒入口中。在發出「喀喀」的響亮咀嚼聲後，她的喉嚨抽動了一下。她想將蓋上薄荷糖的蓋子，卻不慎從手中滑落，讓白色的錠片撒了一地。

「這下……應該就……恢復了……！」

我在旁守望著猛喘著氣的衣緒花。

但從她背上釋出的空氣，依然熾熱搖曳著。

「為、為什麼……為什麼失效了！」

「答案很簡單，因為妳的症狀加重了。真是的，居然以為有辦法自力解決，這是典型的半桶水狀態呀。」

佐伊姊將我推開，觀察著衣緒花的狀態。

「……真不妙，沒時間了。有葉小弟！來幫我一把！」

「咦？妳、妳是什麼意思？」

「少囉唆，照我的話去做！首先先按住她的身子！」

這時，我聽到了像是摩擦空氣的聲響。

我稍微花了一點時間，才意會到那是衣緒花發出的呻吟。

她的雙眼發出了金色的光芒，美麗的鼻子擠出了皺紋，在薄薄的雙唇底下，依稀能窺見用力咬緊的銳利虎牙。

看到這樣的狀況，就連我也明白了。

支配的狀況正在加劇。

「抱歉，衣緒花，妳忍一下！」

在她失控之前，我從後方架住了她的手臂。她甩動雙腿的力道險些讓我鬆開雙手，但我總算是將她壓制在原處。緊貼的身子，將她的熱度透過衣物傳了過來。

「佐伊姊！我接下來該怎麼辦？」

「你再稍微撐一下！」

佐伊姊頭也不回地這麼回答。就在我感到困惑之際，只見她開始在抽屜裡翻找了起來。

一個又一個被她抓在手裡的是——零食點心。

「選個不是糖果的應該比較好吧。得挑個更容易入口的……餅乾太多粉末了……哎唷，是誰把這裡弄得這麼亂的啦！」

不管怎麼想都是她本人的問題，但現在可不是悠閒吐槽的時候。

我什麼都不曉得。

而且什麼都辦不到。

我加強了雙手的力道，壓制著衣緒花躁動而灼燙的身軀。

快點。

快點想想辦法啊。

「有了，就是這個！」

終於找到東西的佐伊姊，握在手裡的——**並不是**能解決一切的萬能法寶。

而是一塊被印有燙金字樣的褐色紙張包覆的長方型板子。

那個眼熟的外觀顯然是——

「巧、巧克力？」

佐伊姊沒理會我的吶喊，正打算剝開巧克力的包裝，卻不怎麼順利。

「哎——看招！」

耐不住性子的佐伊姊用膝蓋把巧克力掰成了兩半，在扯破包裝紙後，將內容物朝我扔了過來。

「餵她吃這個！」

「嗚哇……喔！」

我伸出雙手，卻沒能好好接觸。巧克力在我的手上彈跳了幾下，就在這時——

恢復自由的衣緒花朝我撲了過來。

她用上了和先前截然不同的速度，將我一把按倒在地。

這根本就是野獸的動作。

將我壓倒在地後，衣緒花將手伸向了我的脖子。熱度很快就透過皮膚抵達了我身上的肉，簡直像是在觸摸熨斗似的。

「動作快！撬開她的嘴巴！」

「妳說得倒是容易！」

衣緒花的肩頭如今已浮現出若隱若現的火焰。

她的雙手正以強勁的力道掐著我的脖子。

由於血液無法流入大腦，讓我的意識變得朦朧。

就在空氣讓她的喉嚨震動的瞬間——

我模糊的視線看見了她張開的嘴巴。

「吃……吃下去！」

我立即將巧克力塞了進去，並用手堵住了她試圖咳出口的嘴巴。

「很好，就這樣讓她吞下去！」

「別老是在旁邊說……」

衣緒花喉嚨看似痛苦地抽動著。好燙，我已經沒辦法再摸下去了。她依然還在掙扎，我的手很快就被她揮開。巧克力還在她的嘴裡，但她沒有吞下去——再這樣下去，會被她吐出來的。

該怎麼辦？

我沒有思考的時間了。

情急之下，我用力抱住了衣緒花。

我用雙手抱住了她的頭部，將自己的胸口靠了上去。即使隔著衣物，她呼出的吐息也像是吹風機一樣灼熱。衣緒花雖然試圖將我推開，但在姿勢帶來的優勢下，我壓制的力道終究是更勝一籌。我拚了命地抱住了她。

「好燙！可以放手了吧！」

「不行，再撐一下！」

「我已經撐不住啦——！」

「再忍一下！」

為了守住佐伊姊的指示，我用上吃奶的力氣抱住了她。

過了不久，我的胸口感受到衣緒花抽動喉嚨的觸感。

「吞下去了……？」

在她順利吞嚥後，抵抗的力道也隨之減弱。就像是從瓦斯爐上挪開的平底鍋一般，我能感受到空氣中的熱度正逐漸消散。

很快地，衣緒花便放鬆了全身的力氣。

她閉上了眼睛，將腦袋擱在躺倒在地的我的胸口上。

那安寧的表情和剛才判若兩人。

她薄薄雙唇的縫隙之間，發出了「嘶」的用力吸氣聲。

隨後傳來的，是節奏緩和的呼吸聲。

「很好很好，這下應該就沒事了。」

「嚇、嚇死我了……」

我登時渾身乏力。到了這時，我才發現全身上下都傳來了疼痛的感覺。在剛才倒地之際，我的頭部和背部都撞到了，而手臂和手腕也有被掐疼的感覺。至於脖子和手掌之所以會有刺痛感，大概是燒傷的關係吧。

「好啦，你能幫我一把嗎？」

被佐伊姊這麼一說，我只得鞭策發疼的身體，以托抱著衣緒花的姿勢站了起來。在佐伊姊的協助下，我讓衣緒花躺到了床上，隨即重重地嘆了口氣。

「哎呀——辛苦你了。你做得很棒喔。」

「什麼叫『做得很棒』啊！我還以為自己要死了！」

「別氣別氣，畢竟是真的很順利吧？不僅沒讓保健室燒起來，你也沒被燒成餘燼，這不是皆大歡喜嗎？」

「付之一炬的可能性果然還是挺高的嘛……」

我擦去額頭上的汗水。雖然隱約有所察覺，但被她點出這樣的可能性，還是讓我背脊一涼。但對於剛豁出全力的灼燙身軀來說，這樣的涼意來得倒是恰到好處。

我俯視著躺在床上的衣緒花。

剛才的胡鬧就像是一場夢似的，此時的她露出了沉穩的睡臉。

長長的睫毛在白皙的肌膚上落下了陰影。畫出和緩弧度的美麗眉毛，此時給人像是少了弦的弓。

這時，我才發現她之所以給人凶悍的印象，大都是出自於表情的緣故。

像這樣沉沉睡去後，她看起來就像是名匠打造的美麗人偶。

我打從心底鬆了口氣。

在這段過程中，一旦有哪個環節出了錯，說不定就真的會變得和佐伊姊說的一樣。

我用力地吸了一口氣——像是在確認自己和衣緒花還活著似的。

然而，問題卻一樁也沒有解決。

「接下來才是重頭戲呢。」

「是啊，這只是權宜之計——只是單純的急救，治標不治本，或是緊急處理。不過是變成了**焦炭**而非**餘燼**。換句話說，接下來——」

佐伊姊將手插進白袍的口袋，露出了傲然的笑容。

「——就是**真正的驅魔流程**了。」

當衣緒花醒來的時候，已經過了相當久的時間。

我坐在一張矮凳上，一直守望著躺在床上的她。

視線總是不自覺地被她闔眼入眠的姿態吸引。不過，凝視她又會令我的背脊爬上一股古怪的感覺，使我又想別開視線。

在她醒轉之前，我一直都是讓視線這麼來回遊走著。

「我……」

醒轉的衣緒花坐起上身，環顧四周。

「太好了，妳醒來了。呃……妳剛才差點就噴出火焰……」

但在我試圖說明的時候，她豎起手掌制止了我。

「我記得很清楚，包括被你毛手毛腳的部分，我都記得明明白白。」

「照妳這種說法，我也被妳推倒在地啊。」

「我、我才沒有推倒你呢！說起來，還不都是你亂講話的關係！」

她一邊反駁，一邊看似神經質地整理著頭髮。她隨即像是注意到了什麼似的，臉上的血色驀地褪去。

「那、那個……不見了！」

我看著慌慌張張地環顧周遭的她，將手伸進了口袋。

「妳在找這個吧？」

那是有著星星造型的——屬於她的髮飾。

我是剛才在地板上找到，並先收起來的。應該是她在大鬧的時候掉下來的吧。

「太好了……」

在得知髮飾完好無損後，她明顯地鬆了口氣。這和還她薄荷糖時的反應大不相同。她在接過髮飾後別了起來，隨即忸忸怩怩地交碰指尖。

「那個……呃，就是說……」

「怎麼了？」

「真、真的非常謝謝你……」

我看著滿臉通紅的她，不禁笑了出來，因為那簡直就像是從臉上噴出了火焰似的。

「嗯嗯，少年少女在保健室的床上談心，真是青春呀。只要身心都健康地成長，那麼異性——不不，就算是同性也無妨——會對彼此產生興趣也是天經地義的事。哦，但可別一味地順從慾望，也要學習充分的知識，在尊重並同意過彼此的意願後再開工啊。」

不知何時站在我身旁的佐伊姊，以一副得意洋洋的神情說出了不得了的內容。

「身為保健老師，妳的神經也未免太過大條了吧……」

「那個……齊藤老師。」

衣緒花沒理會傻眼的我，向佐伊姊搭話。

「叫我佐伊就行嘍。牢記的口訣是**佐以**品茗的優秀美女佐伊小姐喔。」

「妳每次都要講這套，聽起來有夠蠢的。」

「欸，會嗎？這很好記吧？被**小弟**這樣嗆聲還真是難過呀。」

「喂！」

我不禁出聲抗議。我不想在衣緒花的面前被她這樣稱呼。

「弟弟……？兩位難道是姊弟嗎？」

我心不甘情不願地為衣緒花說明了起來：

「佐伊姊是我姊姊的朋友啦。」

「正是這麼回事，我和有葉小弟的姊姊——在原夜見子是老交情了，也就是所謂的頭號知交、靈魂伴侶或是超級摯友嘍。我們在大學也待在同一間研究室呢。」

「唉……」

「考上保健教師後，在得知赴任的竟是小弟所就讀的學校時，我也嚇了一跳呢。妳想想，姊姊的朋友不僅長得這麼漂亮，又是保健老師，對於高中男生來說肯定太刺激了吧？」

「我覺得姊姊什麼都好，就是沒有挑朋友的眼光啊。」

她事事雞婆的態度雖然讓我感到頭疼，但我也很清楚，她確實很會照顧別人。因為一些緣故，我受了佐伊姊許多關照。但我也因此在她面前抬不起頭來——我至今仍為此感到不是滋味。

「明明是兩位的私事，是我冒犯了。」

衣緒花再次一板一眼地道歉。雖然不管怎麼想都不是她的錯，但在我開口之前，佐伊姊已經將手搭上了衣緒花的肩膀。

「好啦，衣緒花同學，妳就放輕鬆點吧。沒必要這麼拘謹，妳在校外或許是個社會人士，但在這裡就只是個造訪保健室的學生——而且還是個心懷煩惱的學生呢。」

有那麼一瞬間——衣緒花的雙眼睜大了一下下。簡直像是被算命師說中過往經歷時的反應。

接著，她在稍事思考後定睛凝視著佐伊姊，這麼開口問道：

「佐伊老師，您應該知道我身上發生了什麼事吧？」

「我可以說是知道，也可以說是不知道。問題總是盤據在妳的內心，而答案亦然。」

「請別用這種模稜兩可的說法敷衍我！」

佐伊姊露出了看似愉快的笑容，用食指指著憤憤不平的衣緒花宣告道：

「那我就從結論說起吧。衣緒花同學，妳**被惡魔附身了**。」

衣緒花細長的眼眸眨了好幾下，回問了一句：

「惡……您剛才說了什麼？」

「妳沒聽錯，就是**惡魔**。妳從體內釋出火焰的症狀，無疑是**惡魔**所引發的。」

衣緒花先是沉默了一會兒，隨即不發一語地掀開被子，套上鞋子站起身來。

「哎呀，衣緒花同學，妳要去哪裡？」

「我感到很失望。我不打算奉陪您的胡言亂語。」

「呵，胡言亂語是吧。要是再次**發作**，妳打算怎麼處理？」

「我會自行解決。畢竟我迄今都處理得很好。」

「哎，妳如果不相信，我也不打算勉強妳。這既能減少我額外的工作，我也能因此受惠。再見啦。」

衣緒花大概以為自己會被挽留吧，只見她稍稍露出了感到訝異的表情，但隨即轉過身子背對了我們。

「話又說回來，關於妳帶在身上的薄荷糖——」

佐伊姊用白袍的衣角擦拭著鏡片，以刻意的語氣說道：

「——**下次還能奏效嗎**？」

衣緒花纖細的背部停下了動作。

她緩緩地將頭轉了過來。

見狀，佐伊姊露出了不懷好意的笑容。

「沒錯，是不是惡魔並不重要，對妳來說，重要的部分在於**我知道應對的方法**。我沒說錯吧，衣緒花同學？」

「……佐伊老師，您到底是何方神聖？」

聽到衣緒花的問題，佐伊姊將眼鏡扶正，擺出了一副等候已久的臉孔。

「妳問到重點了。保健老師只是我兼具興趣和利益的表面身分，我在大學專攻的其實是研究惡魔的學問。我是隸屬於城北大學研究所的綜合文化研究系超域文化科學專攻人類學教程概念現象心理學研究室——俗稱惡魔研究室的驅魔研究員。一言以蔽之——」

她用力吸了口氣，然後再次開口道：

「——就是驅魔師啦。」

「妳果然沒辦法一口氣說完呢。」

「這個頭銜長過頭了啦。」

佐伊姊聳了聳肩，調整了自己的呼吸。

「驅魔師……那個……我是有聽說過啦……」

看到衣緒花困惑的反應，佐伊姊揚起了嘴角。

「哦，妳看過電影嗎？是那個擺出橋式姿勢下樓梯，還吐出綠色嘔吐物的那部（註：指恐怖電影「大法師」，原名「The Exorcist」即為「驅魔師」）對吧？不過，現實中的驅魔師其實是不會那樣幹的啦。」

衣緒花在思索了一會兒後，決定抽回腳步，再次坐回床上。

「我就聽您講解吧。不過……我還不打算完全相信您就是了。」

聞言，佐伊姊登時瞇細了雙眼。

「真是個乖孩子。好啦，該從哪裡說起呢——」

佐伊姊將身後的大型白板擦乾淨，在畫圖的同時講解了起來：

「惡魔總是與人類同在，並將力量借給人類。祂們會要求某些東西作為代價，實現人類的『願望』。在我們這些研究人員的認知裡，人類的歷史裡確實有許多事件都和惡魔有所掛勾。話雖如此，由於惡魔是由引導天空和群星的第五元素以太所構成的，是以只能透過極為複雜的儀式進行召喚，才能用肉身的形式現世。所以若是普通地過日子，就幾乎不會和祂們相見。」

「是、是這樣嗎？那衣緒花又是怎麼回事？」

佐伊姊像是在說「問得好！」似的，用白板筆指著我說道：

「我不是說了**幾乎**嗎？在這些平凡度日的人們之中，偶爾也會發生自然地遭受**附身**的現象。也就是所謂的著魔——或者說是惡魔附身者。在這種狀況下，惡魔會以肉體作為媒介，對當事人的**強烈心願**產生反應，並透過四大元素使之具象化——**也就是擅自實現宿主的願望**。不可思議的是，在現代的日本，這些案例往往都只會發生在十幾歲的少年少女身上。很耐人尋味吧？總之，根據思考方式的不同，說不定也能這麼解釋吧——」

佐伊姊停了一拍，露出了賊兮兮的笑容。

「——將惡魔吸引而來的，是懷抱著心願的你們的**青春**。」

「青春……」

我和衣緒花面面相覷。

「沒錯。懷抱著脫胎換骨的心願，為此糾結不已——就像是將手伸向無從觸及的天上星星一般。哎呀，還真是很有青春的感覺呢。」

佐伊姊從桌子的抽屜裡取出了一根棒棒糖，在隨意扯破塑膠包裝後送入了口中。

就算道理再單純，若是自己從未想像的領域，便還是得花上一些時間才能有所理解。

就像是抹上畫紙的水彩顏料那般，告知給我們的**事實**，正緩緩地渲染著內心。

過了不久，就在內心的理解逐漸成形之際，衣緒花尖銳地反駁了一句：

「我可一點都不想燒起來耶！」

對於她迫切的吶喊，佐伊姊只是吊起了唇角聳了聳肩。

「我想也是。如果是已然察覺到的願望，那惡魔也不會幫妳實現了。祂們會幫忙實現的，都是些本人渾然不覺——也因而憂心如焚的心願。」

「那您要我怎麼做呀！」

佐伊姊壞壞一笑。

「好啦，妳覺得該怎麼做呢？」

我思考了起來。

惡魔會實現心願，也就是說——

「……只要當事人親自實現願望就解決了嗎？」

佐伊

佐伊姊這回將棒棒糖指向了我。

「正確答案。**找出內心的願望，並親自將之實現**。一旦沒了需要實現的願望，惡魔也只能乖乖就範啦。很簡單吧。」

問題在於，找出願望的方法目前仍毫無頭緒。

經她這麼一說，解決的方法確實是不太複雜。

「既然如此，為什麼薄荷糖可以抑止我的症狀呢？我……一直以為只要能冷靜下來就可以了……所以才……」

「一旦肚子餓了，就會想吃東西，這是人類基本的慾望。能暫時滿足這樣的慾望，就會給予惡魔**實現願望**的錯覺。薄荷糖之所以能壓抑妳的症狀，我想——是因為清涼的感覺讓妳覺得很舒服吧？用比較科學的角度來說，只要提升血糖就能達成相同的效果，所以巧克力才會更加有效。不過，這也只是治標不治本罷了。一旦置之不理，惡魔就會接連實現妳的願望，變得更加強大。」

「怎麼會！」

「實際上，妳以前覺得有效的方法，現在卻失效了對吧？這代表**症狀加劇**了。」

衣緒花咬著下唇，沉默不語。

「但妳很走運。畢竟有我這個專攻青少年症狀的驅魔師幫妳。妳就當作登上大船——不，就當作是登上了朱瓦特級驅逐艦（註：美國於2013年研發完成的驅逐艦），儘管交給我處理吧。」

就在佐伊姊起身拍著自己的胸脯時，聽慣的鈴聲也於這時響起。

「哦，時間到啦。好啦，聊天時間結束了，我今天要收攤啦，妳明天再來吧。」

「請等一下，我還沒……」

但佐伊姊沒理會衣緒花，朝我直視而來。

「對啦，有葉小弟也要一起來喔。」

「為什麼會扯到我啊？」

「哎呀，你打算讓弱不禁風的保健老師獨自面對恐怖的惡魔嗎？」

「妳說的話是不是和剛才有點出入？」

「老實說啊，有葉小弟，這件事**非得由你來做不可**。」

這句話對我來說如同當頭棒喝。

有那麼一瞬間，過去的記憶閃過了我的腦海。

我以前曾像現在一樣，目送著**某人**離去。

『因為有件事**非得由我來做不可**。』

我一直不明白那句話代表什麼意思。

唯一能明白的是，那個人之後再也沒有回來了。

音訊全無。

一想起這件事，一股難以言喻的情感便油然而生，吞噬了我的全身。

「哎，總之就是這麼回事。要加油啊，小弟。」

說著，佐伊姊對我拋了個媚眼。

我已經搞不清楚是怎麼回事了。

應該說——

這個人到底有什麼企圖？

「好啦好啦，你們差不多該滾蛋了！打烊啦！再說一聲～明天見～」

「欸，等等，佐伊姊，妳別這樣！」

在一頭霧水的情況下被委以重任，我其實是有些抗拒的，但到頭來，我和衣緒花還真的就這麼被趕出了保健室。

一股尷尬的氣氛流淌在我倆之間。

衣緒花垮下肩膀垂著臉，露出了和先前完全不同的表情。

映在手機畫面裡的完美身姿已不復見。

強勢地向我下達封口令時的自信也消失無蹤。

該怎麼說——她看起來既脆弱又無助。

我感受到胸口一緊。

看到她這樣的身影，就忍不住會想保護她——只不過，我還沒有傲慢到敢宣之於口。

「那就先這樣啦。」

「請等一下。」

就在我打算離開之際，衣緒花用力抓住了我的手臂。

「什麼事？」

「你明天會陪我一起過來對吧？」

「不不，我其實什麼都不曉得啊。和惡魔有關的知識，我都是照搬從姊姊和佐伊姊那裡聽來的說法而已……」

「不過，佐伊老師有交代你也要到場，這代表你和這件事也有關連吧？」

她筆直地凝視著想敷衍了事的我。

雖然不曉得佐伊姊在打什麼算盤，但就算有我在場，大概也幫不上什麼忙吧。

儘管如此──

既然都上了同一艘船，老實說，我也不打算半途而廢。

我嘆了口氣做出回答：

「……我知道啦。那就明天放學後見。」

「你知道就好，要守本分啊。」

「妳的架子還真是愈擺愈高啊……」

「我只是擺出了恰如其分的態度罷了。你是不是很想稱讚我很有格調？」

「謙虛的態度才更有格調吧？」

「總之！你可別逃，要乖乖到場喔！明天見！」

剛才那不安的模樣不知消失到哪兒去了，她跨著強勁的步伐逐漸遠去，而我只能愣愣地守望著她的背影。

明天見——這句話在我的腦海裡反覆繚繞，久久無法散去。

第3章 吃完壽司來點巧克力薄荷冰淇淋

AOHAL DEVIL

「哎呀，你們沒聽說嗎？齊藤老師休了長假呢。」

「嗄啊啊啊？」

「咦咦咦咦？」

隔天，一同造訪保健室的我和衣緒花，不約而同地發出了慘叫。

我看向衣緒花的臉龐，只見她用雙手按住了嘴，正在打量我的反應。她的眼神像是在說：「這到底是怎麼回事？」我於是用眼神回應：「我也很想知道。」

「如此這般，現在是由我來代班。她休了長假去國外旅行，真教人羨慕呢。」

代理老師是一位散發著和藹氛圍的中年婦女，她對著我們露出了溫柔的微笑。當然，她對我倆的來意一無所知。

我們不敢輕易開口，就這麼離開了保健室，隨即十萬火急地聯絡起佐伊姊。

「喂喂——我是你的保健室，也是你友善的驅魔師，齊藤佐伊喔——」

智慧型手機的喇叭傳出了耳熟的說話聲。另一頭似乎開啟了視訊鏡頭，也不曉得她是用什麼臉——不對，佐伊姊正頂著一如往常的面孔，對我們揮手致意。

「就是因為妳不在保健室，我才會打這通電話啊！」

「我不是說了嗎？有我在的地方就是保健室呀。」

「這什麼鬼邏輯啊……」

「邏輯是很重要的喔。畢竟所謂的惡魔，其實是一種『概念』嘛。」

我想知道她人在哪裡，於是將視線挪向佐伊姊身後的背景。

那明顯是一間木造的室內空間，還掛著許多寫有魚類名字的木牌。

「妳那邊怎麼看都是壽司店啊？」

「是說，我沒提到嗎？我接下來要去英國喔、英國。」

「妳根本是隻字未提啊！說起來，妳不是叫我們今天來找妳嗎？」

「嗯——有這回事嗎？哎呀，是因為牛津大學挖出了和惡魔有關的最新史料，大英博物館的研究小組才把我叫過去呢。我也差不多到了該寫論文的時候，所以這是一場及時雨呢。如此這般，我現在人在成田機場，正在不會迴轉的壽司店裡用餐喔。啊——玉子燒壽司真好吃。」

「明明做著很成年人的消費，用餐的偏好卻是個小孩子……是說，原來妳真的會寫論文啊。」

「小弟，我們都是老交情了，你這種說法也太沒禮貌嘍。」

「現在哪還能管禮不禮貌？妳打算拿衣緒花怎麼辦啊！」

「哎呀——關於這方面，我也以研究人員的立場做過一番思考，摸索著該怎麼處理才是最佳方案呢。而我以天才般的頭腦所得出的結論如下——」

佐伊姊用長長的食指摘掉了蝦子的尾巴，並這麼說道：

「這次的事件，最適合由有葉小弟出面解決。」

「妳說適合出面……該不會……」

「哪有什麼該會該不會，小弟，你要幫她驅魔啊。」

「妳在說什麼啊！我根本辦不到啊！」

「我說過了吧，總之先釐清衣緒花同學的心願，然後再幫她實現，最後就大功告成啦。別怕，你一定辦得到——不對，這件事非你不可。」

「我完全不懂妳在說什麼！」

「等吃完壽司之後，我就得去檢查隨身行李了，所以我長話短說。」

佐伊姊沒理會我的反應，在畫面裡豎起了三根指頭。

「我就賜你三個錦囊吧。這既是驅魔師的基本功，也是集大成喔。」

我只能凝神傾聽。

「第一點——惡魔是一種**概念**，是以只要噴出了火焰，就無法透過物理層面的手段滅火。你只能想辦法釐清成為原因的願望。重點在於及早預防和因應，懂了嗎？」

「……大概懂。」

「很好。接下來是第二點——惡魔試圖以噴火的方式實現願望，這代表火焰和衣緒花同學的心願有某種概念上的共通之處。你要找出那個癥結。」

「我哪知道會是什麼樣的癥結啊？」

「哎，你就多花點時間思考吧。然後是最後一點，這也是最重要的部分——正因為是一種概念，所以惡魔總是依循邏輯採取行動。在提出『解答』的時候，可要『湊齊所有的條件』喔。」

「等等，那是什麼意思？」

看到我露出困惑的神情，佐伊姊輕輕一笑。

「放心，不會有事的。你可是那個——夜見子的弟弟呀。那就這樣，拜託你啦！」

說完，她便從手機的螢幕上消失了。

「她掛斷了呢……」

衣緒花露出了看似不安——不對，是略帶同情的眼神朝我看來。

「哎，可惡，這人居然就這樣把事情丟了就跑！這個魔鬼！惡魔！保健老師！」

我雖然發洩了一番，但手機的畫面依然是一片漆黑，沒有任何回應。

「該……怎麼辦呢……」

「唔……」

我倆再次面面相覷。

老實說，我是真的覺得少了一個靠山。

因為我一直認為，只要把她交給佐伊姊，佐伊姊就能想辦法擺平。

「算、算啦，佐伊姊總有一天會回來的。」

「總有一天……指的是多少天之後的事？」

「呃，短則一週，長則一個月之類的……」

「這不行啦！」

聽到衣緒花突然大喊，我整個人被嚇得彈了一下。

逼近過來的她面無血色，原本雪白的肌膚看起來更為白皙。

「『不行』是什麼意思？」

「總之就是不行。得快點——得盡快處理掉火焰的問題才行。」

她雖然沒說出理由，但那焦急的臉龐說明了她身陷艱困的處境。

像我這樣的外行人，理應不該淌這種力有未逮的渾水。但與此同時，讓人上了賊船卻眼睜睜看著它就此沉沒，也會讓我感到良心不安。

哪種做法才是不負責任？我在想了一會兒後得出了結論。

「……我知道啦。既然佐伊姊人都跑了，就得由我來驅魔了吧。反正只要找出妳的心願就行了，嗯，沒問題的。我一定會想辦法的。」

我逞強地回應道——這既像是在含糊其詞，也像是在敷衍了事。

儘管如此，衣緒花原本繃緊的臉龐依舊逐漸放鬆，最後露出了淺淺的微笑。

「好的，那就麻煩你了。」

看到她與迄今大不相同的坦率神情，我感覺自己的體溫正在逐漸升高。

「……我們開個作戰會議吧。」

「作戰會議？」

「有很多事情需要商量對吧？在學校不方便聊這些，得找個地方……像是週六或是週日……總之挑個衣緒花沒有工作的日子……邊吃邊聊之類的……」

我在說到一半的時候，其實就隱約察覺到了。

這簡直像是——

「你是在邀我約會嗎？」

「才不是！」

「太好了，如果你敢說是，我早就把你摔出去了。」

「麻煩妳用物理層面以外的方式抱怨。」

「破壞人體屬於生物課的範疇，所以沒有問題。」

「我也是有支配自己身體的自由啊。」

「這是公民課的範疇嗎？」

「硬要說的話是道德課吧。」

「哎呀，我沒有上過這門課的印象呢？」

「希望妳能回小學把這堂課重修一遍。」

「總之，我明白詳細談論的必要性了。我之後會再通知你有空的日子。就這樣，解散。」

先前那坦率的態度不曉得跑哪裡去了，她再次以高高在上的姿態下令後，便轉過身子離去。

明明只是邁步前行，她的背影卻散發著王者的威嚴。

真是的，我這下可是誤闖侏羅紀公園了。

總之，把被交辦的任務好好完成吧。

這就是我該好好思考的事。

■

「你讓我等太久了。」

站在碰頭地點的她正扠著腰，用手直指著我。

我們居住的逆卷市，是緊鄰河川和海洋的港灣都市。

校歌歌詞也有提到的逆卷河位於城鎮的西北側，在鄰近河川之處，則有著與購物中心共構的逆卷車站。而車站前方的紀念碑，就是我們今天的碰面地點。

這座紀念碑似乎是為了紀念以前的歌手設立的，上頭刊載著歌手的照片和歌詞。或許有朝一日，衣緒花也會像這樣被人設立紀念碑呢——我漫不經心地這麼想著。

「不不，妳這話說得太過頭了吧……」

「我可是個模特兒，模特兒是很忙的，你難道不曉得嗎？」

「我當然不曉得，而且距離集合時間還有三十分鐘啊。」

「我不是那個意思，你想想，我用以等待你的這段時間，是不是還能拿來做些其他的事？」

「呃——像是打開遊戲領取登入獎勵之類的？」

「你該不會其實很閒吧……？」

「要奉陪驅魔活動還不成問題啦。」

我對著傻眼的她聳了聳肩說道。

讓人害怕的是，即便展露這般態度，她的身段依然洗鍊得讓人不禁屏息。

她穿著露肩的純白色……應該是連身裙吧？筆直剪裁的脖頸一帶，繡上了蕾絲花紋。裙襬採斜切設計，在映出獨特輪廓的同時，也強調了她姣好的身材。她腳下穿著紅色的運動鞋，明明是看似平凡的款式，紅與白的對比卻給人時尚的感覺，真是不可思議。而即便將視線從她身上挪開，那對小巧的圓形耳環也隱約在視野中留下了搖曳的影子。

雖說身上的配件帶來了形形色色的印象，但主角終究還是衣緒花。她像是吸收了身上的服飾之美，全數轉化為個人的魅力一般。

「這點小事一點也不重要，我們快點出發吧。」

「明明是妳先開口抱怨的，真虧妳還結束得這麼果斷……」

她絲毫沒把我的感想放在心上的樣子，逕自跨出了步伐。

我追著她那幾乎要在柏油路烙下腳印的強勁腳步，像是當了一回調查野生動物的學者似的緊跟其後。

「呃——我們要去哪裡？」

「我有一間常去的咖啡廳，在那邊應該就能靜下心聊天了。」

常去的咖啡廳——這種說法對我來說相當新奇，讓我湧上了一股不可思議的感覺。就算就讀同一所學校，住在同一座城鎮，衣緒花也肯定和我活在完全不同的世界吧。

「所以說，目前的進展如何？」

然而，即便思緒宛如氣球般飄忽不定，與之相繫的繩索卻仍牢牢握在衣緒花的手裡。

「我姑且調查了一番……」

我邊走邊亮出了手機。

既然都拜領了驅魔師的頭銜，總不能對惡魔的知識一無所知。而我的手邊則是有著文明的利器，光是用搜尋引擎隨便找找，就能找到五花八門的資訊。

絕大多數的資訊都如出一轍，像是會告知不為人知的真相啦、會消滅敵人啦，不然就是會變成符合喜好的異性來滿足慾望之類的。而在大部分的網頁裡，都會附上形象詭譎古怪的怪物插畫。附身在衣緒花身上的，難道也是同樣恐怖的存在嗎？想到這裡，我的背脊突然一涼。

只不過，這些資訊都沒能帶來解開謎題的線索。

不管我怎麼調查和惡魔有關的資訊，就是查不到「驅魔的方法」。不對，我確實是有查到驅魔的手法，但那些方法不外乎是閱讀聖經或是高舉十字架之類的，怎麼看都不會有效。

得找出概念上的癥結。

如果要按照佐伊姊交代的方式去做——

「大概……得多瞭解衣緒花一點呢。」

「好下流的說法。」

「饒了我吧，我也不是自願想知道的。」

「你說什麼？要對我更有興趣一點啊。」

「這下還真是進退維谷……」

聽到我這麼嘟囔，衣緒花那高挺的鼻子登時翹了起來。

「哎，但還是得有所進展才行。那麼，你有什麼想問的？」

所幸她終究還是有合作的意願，這讓我稍稍鬆了口氣。從她的態度來看，我有時真搞不懂衣緒花到底想不想解決這件事。

「嗯……我想想啊。」

我邊走邊思索了起來。

「妳是從什麼時候開始……那個……噴火的？」

「我記得——應該是在拍攝春夏服飾的時候。在剛開始拍攝的時候，我和造型師討論了該如何穿搭的話題，而我的身體就是在那時發燙，意識變得模糊，然後……火焰……有少許的火苗延燒到燈箱上頭，釀成了一場大騷動呢。大家都以為那是燈泡過熱的關係，沒有深究下去的樣子……」

我試著想像當時的光景。若沒有親眼目睹過，想必是難以相信有人會從體內噴出火焰的吧。

「那麼，妳有什麼煩惱嗎？」

「除了惡魔之外就沒有了。因為我很完美。」

「不不，再怎麼說都會有幾個煩惱吧？像是和朋友吵架啦，或是和家人──」

「我沒有朋友。」

真是教人意外。我以為當上大紅大紫的模特兒，理應就能享受著充實的人際關係啊。

「請別露出那種感到意外的表情。」

「我沒露出那種表情啦。」

「那你現在露出的是什麼表情？」

「……抱歉，我果然還是感到很意外。」

她敏銳得像是會讀心術一樣。不對，是我太容易反映在表情上了吧。

「那妳沒有……像是想多交些朋友一類的願望嗎？」

「朋友是要自己挑選的。況且，我沒空和別人玩扮朋友遊戲。要是有那種時間，我寧可多鑽研些服飾相關的知識。老實說，我連現在也不想浪費……」

她兩端的唇角加強了力道。老實說，我也不是真的很想打破砂鍋問到底，但就她給出的回應來看，「忙碌」似乎並不是為了打發我而隨興編織的藉口。

不過，扮朋友遊戲聽起來倒是有點刺耳。

衣緒花像是讀出了我的心思，有些尷尬地說了下去：

「……不是只有我這樣而已。大家都散發著十足的火藥味——因為那是個嚴格的世界。」

「火藥味啊……」

這個詞彙果然會讓人聯想到火焰。難道說，是因為競爭對手的關係而引發的嗎？

「那個……不好意思……」

就在我深入思考的時候，有人突然向我們——不對，我花了一點時間，才發現那人是在向衣緒花搭話。

「您好，有什麼事呢？」

但衣緒花看起來並不慌張，立即做出了回應。

向她搭話的似乎是一名女子。雖然個頭嬌小，但就打扮來看，似乎已經是社會人士了。她的年紀大概和佐伊姊差不多吧。

等我回過神來，衣緒花已經停下腳步，而我則是回頭看著她們的互動。特地繞回去感覺有點奇怪，還是保持一段距離觀望吧。

「那個……妳是小衣緒花對吧？」

「是呀。」

衣緒花露出了甜美的微笑。那比我迄今看過的任何表情都還要更加溫柔而溫暖。

「好厲害！我一直有在關注妳！咦，本尊也太可愛了……而且穿搭好有型喔……」

「謝謝妳。姊姊您的罩衫也很好看呢。」

「這是我春天在敘話購買的。因為小衣緒花在雜誌上也穿了這一件……」

「這件很適合您呢，真令人羨慕。」

「妳、妳過獎了。那個……能和妳拍張照片嗎？」

「當然可以了。」

說著，衣緒花將臉龐湊了上去擺好姿勢，而女子也取出了手機拍照。我不曉得衣緒花擺出了什麼表情，但那肯定是無懈可擊的營業式笑容吧。

「謝、謝謝妳！我可以和朋友炫耀這張照片嗎？像是上傳到社群網站之類的……」

「我不曉得這有沒有炫耀的價值，但您隨意使用無妨。」

「請別這麼說，我會當成傳家之寶的！」

女子看著手機，像是打從內心感到開心似的邁出步伐。在看到她走遠後，我才回到衣緒花身旁。

「不好意思，謝謝你特意保持距離。」

「不會，我也怕惹麻煩。不過，我嚇了好一大跳呢。原來妳真的很有名啊。」

我再次伴隨著衣緒花的腳步，跟在她的身旁。

「沒這回事。我其實很少被人叫住呢。」
她哼了一聲，像是在自嘲似的笑了笑。
她的笑容讓我莫名地感到難熬，於是我開口稱讚道：
「妳完美的應對又讓我嚇到了一次。」
「那還用說？雖說相當罕見，但我既沒辦法預測什麼時候會被叫住，也不曉得對方會從何時開始注視我呀。」
「即便是年長許多的人，也成了妳的粉絲呢。」
「是呀。我也經常被人說『這很少見』，我雖然把這當成好事看待……但也希望能多些同齡人支持我呢。」
衣緒花說話的口吻簡直像是製作人一類的職業人士。我隱約覺得自己更瞭解她了——衣緒花總是表現得四平八穩，而且處事成熟，在拍照或錄影的時候更是如此。正因為處處呈現出完美的形象，所以才會給人難以接近的印象吧。
「請你別誤會了。」
「誤會什麼？」
「雖然沒有朋友，但這並不代表我很孤獨。不僅有像那位小姐一樣的粉絲支持著我，也有許多人和我一同工作……哎，但也有些後遺症就是了。」
「後遺症？」

「像是跟蹤狂之類的。」

我不禁啞口無言。

「有這麼嚴重的煩惱就早說啊！怎麼還要問了才講！」

「不，我對這件事其實不怎麼煩惱。」

「哪可能不煩惱啊？」

「也不曉得那人是從哪裡打聽到的——我曾在前往目的地的路上遭到埋伏。對方身材高挑，穿著寬鬆的黑色連帽上衣，不僅用帽子遮臉，還戴上了黑色的口罩，所以看不出對方的長相。就只是這樣一件小事罷了。」

「也打扮得太像『可疑人物』的範本了吧，不覺得這反而很奇怪吧？」

「我也是這麼覺得的，但對方就是做那種打扮……」

那身行頭讓我莫名聯想到在書上讀過的黑魔法師。愈是深入思考，就愈覺得這件事處處和惡魔脫不了關係。

「這樣啊……妳應該很害怕吧。」

「我不怕呀。說穿了，這代表我成了一個讓人忍不住化身跟蹤狂的模特兒呢。」

「妳的想法積極過頭了。」

以衣緒花的條件來說，男人會為她動歪腦筋其實也是無可厚非，但我並沒有把這句話說出口。

「況且，我可是很強的。」

聽到她以一副理所當然的口吻這麼說，我不禁嚴肅地給予忠告：

「我知道妳有練過武術，但和人高馬大的男人正面衝突可不是鬧著玩的。要是遇上這種狀況，還是逃跑比較好。」

衣緒花沒有回答，而是停下腳步，窺探起我的面孔。

耳環離我好近。

她的眼神射穿了我。

「你這是在擔心我嗎？」

「會擔心啊。惡魔雖然很可怕，但人類也不遑多讓呢。」

「哦……」

衣緒花沒有別開視線，看似困惑地凝視著我。

而就在她看了好一會兒後——

衣緒花像是察覺了什麼似的，驀地回頭看去。

「呀啊！是跟蹤狂！」

「在哪？」

「在、在那邊！」

我將視線投向她手指的方向。馬路的另一側雖然有著熙來攘往的人群，卻看不到打扮可疑的人物。儘管如此，我還是跨出一步，擋在她的身前。

她纖細的手指抓住了我的手腕，躲到了我的身後。

我沒看見打扮得一身黑的人物，到底在哪裡？要是對方發難該怎麼辦？我打得過嗎？應該沒辦法吧。總之得先離開這裡。

我握住衣緒花的手。她的體溫如常，也沒看到蜥蜴的身影，看來暫時不用擔心噴火了。

「我們走！」

我拉著她的手，準備邁步狂奔。

不對，我明明跨出了步伐，卻跑不起來。

不知為何，她站在原地，並沒有要移動的意思。

我轉頭一看，只見衣緒花歪起了嘴角，朝我看了過來。

「……難道說……」

「嗯，我說謊了。」

「饒了我吧……」

我登時渾身乏力，放開了她的手。

「我的演技也挺精湛的吧？」

「都搞出這齣鬧劇了，我哪還會稱讚妳啊！」

「不過，我是真的為跟蹤狂的事感到困擾喔。」

「妳剛剛不是說過沒為此感到困擾嗎？」

「還有另一件事也是事實。」

「哪件事？」

我忍不住語氣不善地回應道。

「那就是——有葉同學是真的在擔心我呢。」

沒必要用撒謊的方式確認吧？老實說，我原本是打算生氣的。

但看到她淘氣的笑容後，這些話語就全卡在胸口上頭了。

衣緒花看似滿意地點了點頭後，「啪」地拍手說道：

「決定了，我要變更計畫。」

說完，她便朝著與先前相反的方向走去。

「咦？等、等等，妳要去哪？」

在她回頭的同時，那頭長髮也隨風飄逸。

「就讓你多認識我一些吧。」

■

衣緒花將我帶到的地方，是進入車站大樓後的某間服飾店。

在這巨大的購物中心裡，與時尚有關的商店可說是難計其數。

她在其中一間商店停下腳步後，便毫不猶豫地踏了進去。

「歡迎光臨——……啊，原來是小衣緒花啊——」

「要小姐，好久不見。」

面對親暱地出言搭話的店員小姐，衣緒花端正姿勢行了一禮。

店員小姐似乎有拖長語調的習慣，她的瀏海留長到遮住了一邊的眼睛，後方則是剃得偏短，給人深刻的印象。她所穿的服飾多半是這間店家的商品，整體看起來也是相當有特色，給人時尚感十足的感覺。真不愧是服飾店的店員啊。

以厚實塑膠片製成的名牌上，寫著金子要這三個字。

而無論是剛才的應對還是採取的姿態，都能看出衣緒花的表面功夫確實是做得無懈可擊。

「怎麼啦？妳真的很久沒來了——呢。」

「我今天帶朋友來了。這位是在原有葉同學。」

「您好。」

我姑且頷首說道。我很不習慣這種狀況，真是尷尬得要命。

「妳有朋友？」

「沒必要這麼驚訝吧！」

「抱——歉。不過這真的是頭一遭呢。」

看到要小姐誇張地仰起身子的反應，我險些就笑了出來。看來表面功夫就算做得再周到，也還是有無法遮掩的部分啊。要不然，就是店員小姐的交情和她是真的很好。

「所以說，妳把這位朋友帶到我們這間為女士服務的店家，是有什麼事呢——？」

「店裡還有時裝手冊嗎？」

「啊——原來如此，是這麼回事呀。是要春夏服飾的那本對吧？當然有嘍——」

要小姐露出了賊兮兮的笑容，先是消失在內場一陣子，隨後便搬了一本厚重的冊子回來。登上書封的，是一名身穿白色連身洋裝，展露微笑的女子。她豔紅的雙唇讓人印象深刻。

「呃……這是型錄嗎？」

「差不多是那個意思。總之，你先拿起來看看。」

在衣緒花的催促下，我翻開了書頁。

只見和封面相同的女子擺出了姿勢。

背景看似是一片綠，但其實看得出女子置身於森林之中。這究竟是在哪裡拍攝的？葉片帶著難以置信的深綠色，莫名有種人工的氛圍。而在圖片的正中央處，擺放了一張用玻璃打造的長凳，女子便是站在長凳上頭。她像是一名征服者，散發著氣宇軒昂的氣息。女子宛若貴族般，以一隻手優雅地拎著裙角，另一隻手則是握著裝了紅色機殼的手機，彷彿捧著一顆蘋果似的。

這時，我驀地察覺到。

那件連身洋裝上頭有著和衣料同色的雪花刺繡。

「這是衣緒花啊！」

我怎麼會一直沒發現呢？那件衣服和衣緒花穿在身上的一模一樣——而為封面和目錄添彩的那名人物，當然也是衣緒花本人了。

「沒錯，就是我。」

她以得意萬分的態度挺起了胸膛，這讓要小姐出言調侃道：

「小衣緒花看起來超開心的呢——」

「我、我才沒有開心！是因為有葉同學說想多瞭解我一點，我才會讓他看的！」

「哦——原來你們是那樣的關係呀。」

要小姐捉弄著衣緒花的態度。這兩人果然是是感情融洽的老交情吧。

「不，我們不是那種關係。」

「有葉同學，你也否認得太快了吧？你應該要露出喜不自勝的表情，然後喃喃說著：『但對我來說，衣緒花同學是高不可攀的存在……』才對呀！」

「這種謠言還是能免則免比較好吧？」

「這……或許你說得對……」

「不過，書上的妳氣質完全不同呢。我也是因為這樣才沒發現的。」

我這麼陳述感想後，她原本不服氣的表情旋即一變。

「對吧對吧？為我表現的功力之強感到敬畏吧。敘話的春夏服飾是以『白雪公主』作為主題，所以展露出來的表情不僅要顯得高貴，還要兼具樸素和犧牲奉獻的感覺。除了要讓連身洋裝的輪廓看起來更為美觀之外，由於還得讓讀者對刺繡也留下印象，我可是對姿勢下足了工夫呢。」

「敘、敘話？那是什麼？」

我跟不上衣緒花說明的內容，只得回問了一句。

聞言，店員小姐將手指指向了上方。

「啊……」

我抬頭一看，便在收銀台上方看到了店家的招牌。

陽刻在板子上頭的英文字，拼出了這樣的字句。

NARRATIVE-TALE（敘事童話）。

「敘事童話，簡稱敘話。本店的設計宗旨為『只屬於自己的故事』，雖然乍看之下走的是主流風格，但其實也融合了童話元素，設計了許多極具玩心的細節喔！我們品牌融合了現代人的生活模式，讓穿上的人都能成為故事裡的主角！」

店員小姐擺出了玩鬧般的態度，說明的內容卻井井有條。總覺得她就像個觀光勝地的導遊。

「哦，真厲害啊。」

「咦——有很厲害嗎？」

「正是如此！」

我隨口稱讚了一句，店員小姐回應得有些懶散，而衣緒花則是反應激動。

「乍看是平凡無奇的衣物卻藏著只有穿上之人才能明白的細節和情境讓他們在社群網站大放異彩也因而闖出了爆紅的人氣但還不止於此光是穿上這家的衣服就能在日常之中置身於創作的世界應該說能打造出這種世界觀的首席設計師手塚照汰先生真的是個天才無論是創造概念還是穿搭的變化都是信手捻來簡直像是個魔法師——」

眼見衣緒花連珠炮似的這麼開口，要小姐呵呵地笑了。

「出現啦，妳還是老樣子。謝謝妳這麼支持我們家。以一介店員的身分來說，能被伊藤衣緒花讚譽有加，我也是與有榮焉呢！」

我完全沒聽說過呢。

只要是這個鎮上的居民，想必都一定曾來過這棟車站大樓購物過吧。我自然也不例外，而且也經過大樓前方無數次，理應對這裡很熟悉。

然而我不曉得大樓裡有這樣的店家——不對，我是知道有這麼一間店，卻不曉得，也無從想像店內是這樣的風格。

「衣緒花，妳好像很喜歡這裡啊。」

「是呀，超喜歡的。」

她露出了孩童般的開心笑容。

我所居住的這座城鎮裡，有著販售她最喜歡的服飾的店鋪，而店鋪裡甚至還有她的照片。

我再次將目光投向型錄。

這是衣緒花的**作品**。當然，這想必也包括了攝影師、造型師、設計師和各種我所想像不到的職業人士們一同參與。然而，這確實是衣緒花為了將品牌的氛圍傳遞給世人而和這些人士們一同思考，並締造出來的成果。

迄今為止，我都以為所謂的模特兒，就是讓長相或身材好看的人隨便拍幾張照的職業。但我錯了。衣緒花——是個專家。這是她的**工作**。

「大家都想變得和衣緒花一樣呢。」

我感觸良多地說出了這句話——原本是打算稱讚她的。

「……並沒有這回事。」

但她的表情——沉了下來。不過，那只像是一閃而過地遮住太陽的雲朵般，很快又恢復成原本的明亮。

「應該說，哪可能有人能變得和我一樣呀。」

「咦？雖然可能是這樣沒錯……」

對於這出乎預期的反應，我不禁為之困惑。我還以為她會趾高氣昂地說：「那還用說？全人類都應該拿我當成楷模。」之類的話呢。

「該怎麼說呢，我講的是作為目標，或是作為崇拜對象之類的……」

「那我反過來問你，有葉同學，你為什麼穿著衣服？」

「咦……是因為不能光著身子上街的關係？」

「法律沒規定不能不穿衣服上街吧？」

「不不，的確有這樣的法律啊。」

「我要說的是，你穿上衣服的理由是很重要的。」

我大概是露出了愣怔的表情吧，衣緒花看了我一眼，繼續說了下去：

「自己想穿什麼衣服，就只有自己能做決定。自己想成為什麼樣的人——就是這個話題的癥結。」

「想成為……什麼樣的人……」

「我做的事，其實就是**提案**。這件衣服有這樣的穿法，有這樣的美感——我想傳達的訊息，充其量就只是這樣罷了。有人看了會覺得這樣的點子很好，也有人不喜歡這樣的點子。之所以會有判斷上的分歧，是因為他們過著不一樣的人生。明明道理如此，但我不曉得有葉同學的腦袋是出了什麼差錯，居然會膚淺地認為參考模特兒的打扮是一種介意他人目光的表現……」

「我總覺得自己因為沒說過的話而遭受責難了。」

「這種道理可以應用在任何地方。倘若不多看一些、多想一些、多煩惱一些，並在最後由自己決定**就是這個**便毫無意義。真是愚蠢透頂，和那些向我告白的白痴男生一模一樣。明明對我一點也不瞭解……」

我聽著聽著，發現她絮絮叨叨的刻薄之言其實並不是在針對我，純發牢騷的比例大約占了八成。

儘管如此，我似乎還是能明白衣緒花的言下之意。她相信服飾有改變自己的力量。所謂衣服的好壞，就只是當事人用以估量是否更接近理想中的自己的標竿。正因為如此，親手挑選才顯得如此重要。

既然如此——

對於沒有理想楷模的人類來說，該穿什麼衣服才稱得上合適呢？

在這間店購買衣服的人，全都懷抱著自己的理想形象嗎？

我承受著強烈的壓力環顧四周，驀地將目光停留在一個地方。

由於一直被衣緒花拉走注意力，是以我沒發現店裡有一幅偌大的廣告看板。看板的尺寸甚至比真人比例更大，就我猜測，那應該就是所謂的主視覺看板吧。

看著那張照片，我不禁倒抽了一口氣。

映在看板上的，是一名「魔女」。

用以遮陽的寬簷帽，有著尖尖的帽頂，簡直像是魔女的帽子。但她上身所穿的襯衫帶著透明色調，看似藤編的包包也帶著涼爽的氣息。明明都是暗色系的打扮，卻意外地不給人沉重的感覺，這份清涼感想必就是原因吧。她手上拿著裝上紅色外殼的手機，和衣緒花的款式如出一轍。

但讓人留下深刻印象的並非服飾，而是模特兒本人。

裙襬底下的雙腿長得驚人，紊亂的金色短髮和藍色的雙眼隱約能看出她有著歐美血統，但五官給人和藹可親的印象。

而最讓我無法移開目光的，還是她的表情。

她的雙眼凝視著遠方，俏皮地輕輕吐出了舌頭，像是在挑釁似的露出了微笑。到這一刻為止，我一次也沒見過會露出這種表情的模特兒。她看起來像是在瞧不起人，又像是帶著滿腹心事，也像是懷著滿腔憤怒。這般表情緊扣著我的心弦，讓我直勾勾地盯著她的臉龐。我不禁想像起她的雙眼究竟在凝視著何方。

讓人渾身發顫的超群魅力。這已經不是所謂的小惡魔，而是霸氣十足的大魔女了。

「這個人很厲害呢。她散發著一種……像是氣場之類的氛圍呢。」

我看著那張照片，硬是擠出了貧瘠的詞彙。

而在這一瞬間，我感覺到周遭的氛圍似乎變了。

「……那是蘿茲的照片。」

看到衣緒花開了這個話題，要小姐登時按住了額頭。她一副像是在說：「這下麻煩了。」的樣子，會是我的錯覺嗎？

「蘿莎蒙・羅蘭・六鄉——我們都稱呼她為蘿茲，就連她本人也不例外。」

講到這裡，我才終於明白衣緒花是在說模特兒的來歷。

「妳們是朋……妳們認識嗎？」

我原本想問「妳們是朋友嗎」，但在最後一刻改了口。從剛才的說法和現在的氛圍來看，兩人的關係似乎絕非如此。

「我們隸屬於同一間經紀公司，應該說，負責我們的經紀人也是同一位，所以我們很熟。她的個子高，手腳長，而且很有個性……目前是急速崛起的模特兒之一。她還在念國中二年級。」

「她是國中生？明明長這樣？」

我再次打量起照片。不管怎麼看，她應該都是二十多歲的成年女子。衣緒花雖然看起來已經很超齡了，但這名女子更是有過之而無不及。

「好厲害啊……」

我不禁發出了讚嘆。

「對，蘿茲就是這麼厲害。你挺有眼光的嘛？」

我和衣緒花同時轉頭看向發話者。

我很快就認出對方的身分。

她穿著截然不同的衣服。紊亂的頭髮上反戴著棒球帽，貼身的坦克背心強調著胸部的分量。下襬略短的背心露出了肚臍，而底下的部位則是被鬆垮的長褲包覆。她穿著一雙幾乎讓人誤認是光著腳的細小涼鞋，向上挑起的粗眉毛，和看似慵懶的下垂眼角恰成對比。

以一名模特兒來說，她的打扮未免過於粗枝大葉。

但也正是如此，這讓她與生俱來的存在感顯得鏗鏘有力。

若說剛才看到的她是一名魔女，此時出現在眼前的她，就是一隻盯上獵物的凶猛野狼。

蘿茲踩著大步走近，低頭俯視著衣緒花。她本人的身高比我還高。由於她的臉很小，更是讓身材有抽高的感覺。

不過，我之所以會感受到強烈的壓迫感，看來似乎不只是身高的關係。

我發現原本只是行經此地的行人們，如今都交頭接耳了起來。蘿茲相當受人矚目，不僅能在遠處感受到她的存在，在近處更是會讓人感到頭暈目眩。

衣緒花與蘿茲。

蜥蜴之王和野狼首領。

無法相容的存在一旦狹路相逢，會產生的結果只有一種。

「衣緒花，我還想說好一陣子沒看到妳了，原來妳在這裡呀。妳在幹什麼？」

「想做什麼是我的事，和妳無關吧？」

「啊，妳是來看自己輸給蘿茲的地方嗎？」

「我一直很想教會妳當個輸家的心情呢。」

「咦——可是蘿茲的看板比較大呀。」

「我的時裝手冊賣得比較好喔。」

「蘿茲知道喔，這種就叫做『量產型』。」

「誰是量產型呀！數字大的就是比較強！」

「嗄？不過衣緒花不就是個乖乖聽話的人偶模型嗎！換成別人也做得到呀，反而是蘿茲更為特別嘛！」

為了保護自己不受劇烈摩擦的火花所傷，我向後退了一步。還好剛才沒把她說成朋友，不然我肯定會被捲入其中吧。

「欸，要，妳覺得誰的表現比較好？」

「我哪知道呀——對我來說，只要衣服賣得出去，我才不會管那麼多咧。」

「那麼，那邊的……咦？你是誰？」

隨手點到我的蘿茲，像是事到如今才察覺到我的存在似的，朝這看了過來。

「我是在原有葉。呃……」

我雖然對於這樣的待遇不太高興，但還是作了自我介紹——只不過，我有點不知道該如何介紹自己。

「啊，你是衣緒花的男友？」

「並不是。」

衣緒花代替我出面回答。

「啊，不對，他對我來說只是朋友，但我想他八成對我有意思。」

「請別隨便把別人當成炫耀用的道具好嗎……」

我雖然只是小聲地抱怨了一句，但這已經擠出了我所有的勇氣。

蘿茲像是在嘲弄似的「哈」了一聲。

「什麼跟什麼呀。蘿茲可是不需要跟班的喔？」

「和朋友上街不是很正常的事嗎？啊，真對不起，對於一個朋友都沒有的妳來說，這說不定是無法理解的概念呢。但因為妳的個性惡劣至極，所以這也是理所當然的呢。」

「嗄？個性差勁的是妳才對吧？蘿茲可不會對別人搖尾乞憐呢。」

「請別把自由和任性混為一談。妳每次在社群網站上鬧事，經紀公司的名聲就會為此受傷一次呢。」

「又不會怎樣。蘿茲只是說出自己的真心話罷了。反倒是妳，老是在配合別人的一舉一動，妳都不覺得自己很悲哀嗎？感覺妳累積了超多壓力呢——大概哪天就會『砰』一聲炸開吧？」

「我……我才不會爆炸呢！」

「欸，男友，你覺得誰比較好？」

「呃？」

蘿茲突然將視線從衣緒花身上挪開，由上而下地窺探著我的臉孔。

「衣緒花和蘿茲——你覺得誰更勝一籌？」

一直提心吊膽地看著她們唇槍舌戰的我，為這突如其來的流彈感到一慌。

「這個……」

真是個不懷好意的問題。

妳們兩個根本沒辦法作比較——

這應該是最完美的解答吧。

然而——

在被問到的當下，我閃過了一個念頭。

我拿這兩個人做了比較。

對我來說，是哪一方更為厲害？

為了不讓她察覺內心，我無言而用力地瞪著蘿茲。

「哦——」

蘿茲並不畏懼，筆直地和我對視了起來。

藍色眼眸的虹膜綻放著猙獰的光芒。

「哎，算了。反正蘿茲一定會當上開場模特兒（First Look）。我是絕對不會讓給衣緒花的。」

「這種態度正合我意，因為我會贏過妳。」

「嗄？妳這種索然無味的換裝人偶哪可能贏得過蘿茲呀？」

「我才……不是……人偶……！」

聽到衣緒花講話的節奏突然變調，讓我驀然一驚。

她的呼吸很紊亂，總覺得她失去了冷靜。是因為拌嘴的關係嗎？如果是就好了——不對，這其實一點也不好，但仍屬讓人安心的範疇。

我環顧周遭，沒看見那道身影，卻沒辦法放心。總覺得——她肩膀附近的空氣正緩緩地扭曲了起來。

這不是大禍臨頭了嗎？

針鋒相對的蘿茲和衣緒花，引來了行人們的注目，有些人甚至特地駐足觀看。這也難怪，畢竟兩人都是在時裝手冊和廣告看板亮相過的模特兒，而且還互別苗頭了起來。

「是不是有點熱呀……？」

要小姐輕聲低喃道。

我的確也覺得有點熱。

我環顧四周。這附近的人太多，衣服也太多了，要是在這裡噴出火焰，肯定會釀成慘劇。

我看向衣緒花，打算叫住她。

隨即便看到了。

她裸露的雪白肩膀上頭——

有一隻黑色的**蜥蜴**。

蜥蜴像是在等著我發現似的，正靜靜地待在那兒。

完蛋了。

得立即離開這裡。

我抓住衣緒花的手用力一扯。

「你做什麼！」

衣緒花回頭罵了一聲。

但我沒有放開她的手。

透過肌膚的接觸，超乎常理的高溫正傳遞過來。

我用力握著她的手臂，和衣緒花四目交接，緩緩地搖了搖頭。

她的雙眼倏地瞪大。

「要小姐。」

「嗯？找我？」

「我們是不是該換個地方處理這件事比較好？」

「也是啦——雖然引人注意是很不錯，但客人們都嚇傻了呢——」

她比我預期得更不受影響，但只要能徵得她的許可就好。一旦有了能離開這裡的藉口——

「要小姐都這麼說了，衣緒花，我們走吧。」

衣緒花張口欲言，但隨即閉上了嘴巴，並咬緊牙關點了點頭。

蘿茲看著我們的互動，一如預期地出言挑釁。

「咦——要和男友手牽手逃跑嗎？遜斃了！妳一個人果然什麼也辦不到嘛！」

我背對著蘿茲的笑聲，拉著衣緒花的手跑了起來。

我們衝下電扶梯，穿過店家之間的縫隙。在跑下寬敞的階梯後，我看到了地下街的長椅，便先讓衣緒花坐了下來。

「嗚嗚……」

她弓著背發出了低吟，簡直像是在壓抑著什麼似的。

「喏，嘴巴張開！我有帶巧克力！」

我將巧克力遞給了她，她在發抖的同時將一小片巧克力送進嘴裡，並吞了下去。我將手按在她的背上，觀察著衣緒花的反應。

「不行，體溫一直降不下去……」

狀況並沒有好轉。果然就像佐伊姊說的那樣，症狀變嚴重了嗎？

感覺馬上就會冒出火焰。

我環顧周遭，看到了還算擁擠的人潮。雖然沒人注意著我們的狀況，但要是噴出火焰，絕對會吸引人們的視線，我得想辦法避免這種狀況。不過，我能想到什麼辦法？我能做到什麼事？在這個地方能取得的物品，有沒有辦法減緩她的症狀——

「等、等我一下！」

我將她擱在原地，急奔而出。

■

「咦……不、不見了？」

折回原處的我，沒看到理應坐在長椅上的衣緒花。

「怎麼會……」

我看了看周遭，總算找到了她的身影。

她踩著蹣跚的步伐，正試圖朝著某處前進。

「妳在做什麼啊！我不是要妳等我了嗎！」

「我……覺得不能待在這裡……」

「話是這樣說沒錯啦！總、總之妳先回來！」

我再次把她推回原本的長椅上。

又一次坐下的她渾身乏力，正抖著肩膀喘氣。

「把這個吃下去！」

我單膝跪地，將剛才買到的**那個**遞了出去。粉紅色的包裝紙上，印刷著由BR和31這些英文數字所組成的商標。

薄荷糖失效了，巧克力也沒能奏效。

既然如此，**那就雙管齊下**。

又甜又冰，能馬上入口的食物。

換句話說——就是薄荷巧克力冰淇淋。

「你為什麼……」

「快吃吧！」

衣緒花凝視著我遞出的冰淇淋。

過了不久，她一把搶過了冰淇淋，狼吞虎嚥了起來。

她的體溫極高，是以融化的冰淇淋接連沾黏到了她的手和臉上，但衣緒花依然渾然忘我地吃著。買了兩支冰淇淋的我遞出了另一支，而她也隨之吃個精光。

「躺下來。」

「嗚……」

我托著她的身體使其躺下，握住了被冰淇淋弄得黏糊糊的手。

我就這麼窺探著她的狀況——我看著她看似痛苦地上下起伏的胸口，啟動了手錶的碼表功能。

1、2、3、4——

她的呼吸頻率逐漸變得規律，與手錶數字增加的速度吻合了起來。

與此同時，我握著她的手，隱約覺得體溫緩緩下降了。

而在碼表顯示已經啟動了十分鐘的時候——

衣緒花突然用力地坐起身子。

「太好了……」

她沒回應我的話語，就這麼在長椅上抱住了膝蓋。

「嗚……」

聽到她的低吟，我以為是惡魔的力量變得更強，趕緊擺出了備戰姿勢。

但隨後傳來的，是抽鼻子和啜泣的聲音。

我不明白她哭泣的理由為何。雖然我想了好幾個可能的原因，卻怎樣也想不出適合在此時開口的話語。

所以，在她恢復冷靜的這一小段期間內——

我就這麼一聲不吭地坐在她的身旁。

■

「讓你看到我丟人的一面了……」

衣緒花睜著紅紅的雙眼，硬是擠出了聲音說道。

衣緒花原本髒兮兮的雙手，此時已經用她隨身攜帶的濕紙巾大致擦過了一遍。在稍微冷靜下來後，她便表示要去洗個手，隨即動身前往廁所。

一直到她再次以無懈可擊的模樣出現在我面前，我才注意到她其實也趁機補了妝、梳理了髮型，並藉由這樣的動作重振精神。

總之，我們雖然逃過了一劫，但已經沒辦法恢復成原本自然的互動了。儘管如此，我也不打算和有可能再次燃燒起來的衣緒花告別，就這麼拍拍屁股回家。為了找個沒什麼人煙的地方，我們來到了鄰近大樓的展望台。

只有我們兩人搭乘的電梯瀰漫著尷尬的氣氛，在抵達二十五樓後，我們便透過玻璃遠眺著逆卷市的街景。

呈四邊型的灰色民宅之間，偶爾會混入色彩鮮豔的招牌。公園和行道樹看起來格外翠綠，明明是自然景致，卻反而顯得格格不入。遠處可以看到碼頭，再後方則是寬廣的海洋。真是平凡無奇的景致。打造這間瞭望台的人，究竟是想瞭望些什麼東西呢——我不禁萌生了這般疑問。不對，我們雖然一直住在這座城市之中，但不是為了娛樂他人的視野而存在的。想看到美麗風景的期望，或許是一種目光短淺的主見吧。

不過，想娛樂他人的人類也確實存在著。

站在我身旁的她，或許就是其中一例。

「能度過這次難關，真是太好了呢。」

眼見衣緒花一直閉口不語，我抱持著多少該說些話的念頭，用這句話開啟了話題。

「看來，我今後還得在各方面多做些準備才行呢……」

我事前就已經知道她有可能會噴出火焰，但老實說，我並不清楚實際上會是以什麼樣的形式發生。要不是湊巧想到了冰淇淋這個點子——應該說，如果就連這個點子也派不上用場，還真不曉得會發生什麼事。我不禁打了個冷顫。

我瞥了她的樣子一眼，只見衣緒花垂低眼眸，緊抿著唇。

「欸，衣緒花，妳看，那邊是學校喔。」

我伸手一指，衣緒花隨即抬起雙眼，朝著我指的方向看去。我在確認過她的反應後，又繼續說道：

「從這裡看過去，不曉得能不能看到那一晚的衣緒花呢。」

她依然沉默不語。我先是想了一下，隨即再次問道：

「那個時候，妳在學校裡做什麼？」

衣緒花抬眼朝我瞥了一眼，又再次垂下臉龐，並以這樣的姿勢回答：

「……我在練習走台步。」

「台步？」

「對。簡單來說，我就是在練習走出漂亮的步伐。因為我家空間不夠大，我也沒辦法在眾目睽睽之下集中精神。況且……」

「就算噴出火焰，也不會延燒到周遭？」

她用力點了點頭。

我回想起那一天的光景。屋頂的確是相當空曠，而且地板也是水泥製成成的。就她的狀況來說，那樣的舉措也算得上是合情合理。

「不過，有必要練得那麼勤嗎？要是被人目擊，應該會很糟糕吧？」

衣緒花別開視線，輕輕嘆了口氣。她隨即抬起臉龐，站到了我的身旁。

「……我很想在時裝秀裡出場。」

「呃……那是要換上衣服走秀的……活動對吧？」

我不禁回問了一句。但衣緒花沒有回答，而是繼續說道：

「模特兒的職業生命是很短暫的。我們不是已經十七歲了嗎？」

「什麼叫已經十七歲了啊……」

「對於成功的模特兒來說，他們在這個年紀，就已經有可能在一流的時裝秀裡出場了。雖說拍攝的工作也很重要，但只要是在這一行工作，就還是得出場走秀。我迄今卻從未出場過……」

她像是由衷地感到悔恨似的，用力咬了咬牙。

「我的起步太慢了。得挽回這段差距才行。」

「那是只要報名，就有辦法出場的活動嗎？」

衣緒花瞥了我的臉孔一眼，似乎恢復了些許冷靜，並繼續開口說：

「今年的秋冬時節，會舉辦一場名為『全國女孩展演』的時裝秀，而這是敘話頭一次參加這場活動。我說不定有機會能參加這場時裝秀，而且還能在第一輪上場——擔任所謂的開場模特兒呢。」

「敘話就是剛才見識過的品牌對吧。那不是很厲害嗎？」

「並沒有，我其實只通過書面考核而已，這還只是第一關。接下來還得在甄選之中拔得頭籌……但要是經紀公司沒有出面支持，我最後大概還是會鎩羽而歸吧。」

聽到這裡，我總算是搞清楚了。

「所以才會去練習嗎？」

「我這次說什麼都要拿下開場模特兒的資格。」

我對這樣的說法感到有些不太對勁。這想必是一次千載難逢的機會，但就她的話語聽來，似乎還有著弦外之音。

「為什麼？」

「敘話的手塚照汰先生，是一名不折不扣的天才。他不管做什麼事情都能打破常規。一般來說，這場展演都會挑選和主題形象相符的模特兒——這次他卻表示**會配合開場模特兒的形象，製作出秋冬季的新系列作品**。」

「難道說……」

「如果我能成為開場模特兒，秋冬季的服飾，就全部都會以我的形象量身訂作的意思。」

我想起刊載在那本型錄上的各式服飾。

「確實是說什麼都想贏呢。」

驀地，我想起了另一個也提過「開場模特兒」這個詞彙的人物。

衣緒花像是讀出了我的心思似的，說出了那人的名字。

「蘿茲也會參加那場試鏡。就算我真能闖到最後一關——」

「——也得和蘿茲一決勝負的意思？」

「沒錯。所以，我絕對——絕對不能輸給她。」

她下定決心的話語，在途中卻變得渾濁不清。我困惑地朝著衣緒花看去，只見她用雙手掩住了臉孔。這讓我整個人慌了起來。

「妳、妳怎麼了？」

「明明這麼重要……但我還得被這些事糾纏到什麼時候！」

我想不出能好好應答的話語。

「明明被她冷嘲熱諷了一番，卻沒辦法好好回擊，還得從現場落荒而逃。腦袋老是無法好好思考……如果不是有這些事，我絕對不會吵輸她的。我一直過著膽戰心驚的生活，也不敢進入易燃的場所，就連台步練習都都無法好好達標。要是在試鏡的緊要關頭噴出火焰……惡魔到底是什麼東西呀？為什麼我會過得如此不順遂？」

原來如此——我有種恍然大悟的感覺。

她有著想實現的夢想，也有想納入掌中的事物。

對我來說，那是過於刺眼的光芒。

「不會有事的。」

「請別說些不負責任的話。」

「不會的，我也不打算置身事外。」

「咦？」

「因為——我是妳的驅魔師呀。」

為了實現她的心願，我能夠做到的，就只有幫她驅魔而已。

她張開了嘴，像是想說些什麼，但最後依舊什麼都沒說，又闔上了雙唇。她別開目光、垂下臉龐、扭曲嘴角，之後又像是心慌意亂地看向窗外的景觀。那是一片萬里無雲的湛藍晴空。

「天氣真好呢。」

我聽到了她輕抽鼻頭的「嘶」一聲。

我雖然知道衣緒花這麼做的理由，但我並沒有多說什麼。

就算是暴龍這樣的生物，也會有想仰望天空的時候吧。

我覺得自己稍稍瞭解了衣緒花一點。

她在不得不變強的世界裡生存，祈求著自己能永保強悍。

然而，不管再怎麼勉強自己……

也還是會有變得軟弱的時候啊。

「一定還有我沒釐清的原因。就算想在時裝秀出場和衣緒花的心願有關，也沒辦法和噴火的行為直接連結起來……所以，我想瞭解衣緒花更多。如此一來，我肯定就會有更多線索。」

「……我明白了。明天早上五點，我們在逆卷河見吧。」

「嗯。」

我二話不說地點了點頭。

之後，我們離開了展望台。電梯下降的速度像是自由落體似的，就連面板上頭的數字也轉換得飛快。在走出大樓的入口後，我們先是走了一會兒路，衣緒花才對我搭話道：

「……那個……我有件事想問你。」

「什麼事？」

我邊回應邊回頭。

「我希望你能老實回答。」

「喔……」

「有葉同學，你覺得我和蘿茲相比，誰的照片比較出色？」

在聽到這個問題的瞬間，我便回想起蘿茲那張勾魂攝魄的相片——不對，是占據了我的心頭。

衣緒花凝視著我，那對眸子就像是鏡子一般。

不對，在這種情境下，鏡子應該是我才對。

魔鏡啊魔鏡，這世上最美的女人是——

「——我覺得衣緒花的照片比較美喔。」

「這樣啊……」

我不曉得衣緒花對我的回答作何感想。

只不過，她沒有為此生氣、哭泣或是釋出火焰。

我們就這麼道別，各自踏上了返家路。

在變回一個人後，我這才察覺自己疲憊得要命。感覺今天已經沒力氣做其他事了。等洗完澡後，就懶散地眺望著手機，然後睡個好覺吧。明天又得上學……不對，我還得先和她碰個面……

不不，等一下？

想到這裡，我才察覺到恐怖的事實。

剛才說定的時間地點，是不是有些奇怪？

平日早上的五點在河邊碰面？她到底要做什麼啊？

第4章 在河畔嘔吐

「那個……有葉同學，你真的沒事嗎……？」

「就結論來說，我很有事。我已經變成沒用的廢物了。」

隔天早上，我在早晨的教室裡伏案歇息。

光是打直身軀就讓我累個半死，實在是沒有聽課的餘力。接下來傳入我耳朵的資訊，大概全都會右耳進左耳出吧。

「要去保健室嗎？」

「不用，我其實沒生病，跑去打擾的話怪不好意思的。」

「你雖然說沒生病，但看起來狀況很糟啊……」

三雨一臉擔心地窺探著我的臉孔。真是個好傢伙。

就算去了保健室，佐伊姊也還沒回來。而且要是躺上床，我就有自信能在一瞬間睡到放學之後。總覺得這樣做好像和蹺課沒什麼兩樣了。

「是說，自從你被小衣緒花帶走之後，到底發生了什麼事啊？才過沒幾天，你就操勞成這個樣子，是不是太奇怪了一點？」

三雨狐疑地皺起了眉毛。

「哎，總之發生了很多事。」

「呃，其中有包含性愛、嗑藥或是搞搖滾嗎？」

「妳的想像力也太過目無法紀了。」

「不過，你的狀況是真的和小衣緒花有關吧？」

「唔……對啦，是和她有關沒錯……」

雖然對前來關切的三雨感到過意不去，但我再怎麼說也不能向她和盤托出。

像是衣緒花被惡魔附身，而我成了驅魔師之類的。

但再怎麼說，我確實是讓她操心了。既然如此，還是在省略這些部分不談的前提下，把迄今發生過的事情說明一下比較好吧。

我之所以會累成這樣的理由，要回溯到三小時之前——

■

「有葉同學，你說過願意幫我驅散身上的惡魔對吧？」

「嗯，我是這麼打算的。」

「若要驅散惡魔，就需要收集資訊。」

「是啊。」

「既然如此，你就該盡可能地貼近我的日常生活，對吧？」

「嗯，是這樣沒錯。」

「一旦出現了冒火的徵兆，你也能及早對應。」

「挺有道理。」

「那就出發吧，有葉同學！就先跑個10公里吧！」

「就說了！我沒聽說一大清早就要跑這麼多步啊！」

我揉著睡眼惺忪的雙眼，在早上五點來到碰面地點後，便看到身穿運動服的衣緒花正在等我。

在清晨的晨光下，她露出的修長手腳顯得格外耀眼。從螢光色的坦克背心和熱褲底下露出的肌膚，接受了來自地平彼端捎來的日光，使其綻放出白色的光芒。她靈活地原地蹬跳的模樣，看起來著實是訓練有素。就算有人說她是一名長跑田徑選手，我大概也會信以為真吧。

「放心吧，我也有為有葉同學準備好了自製的補水飲料。畢竟市售運動飲料的熱量可不低呢。」

「不不，我不是在擔心脫水的問題。」

「應該也不用擔心冒火的問題吧？這裡沒什麼人，也沒有易燃物，要是真的出了什麼意外，只要往河裡跳就行了。」

「妳的對策也太狂野了吧。話又說回來，我應該沒必要跟著一起跑吧？」

「我都說要你跟著跑了！廢話少說，快點跑起來！」

衣緒花向前疾奔，而我無法眼睜睜地看著她遠去，只好追上她的步伐。

然而，我馬上就跑到喘不過氣來。

這也難怪。除了體育課之外，我平時根本沒有好好運動的時候。突然要我跑起來，自然會在轉瞬間耗盡精力。不管怎麼吸氣，也總是填不滿肺部的需求，而頭和腳也接連痛了起來。要跑滿一個小時？不可能的，還是放棄吧——我一次又一次地閃過了這樣的念頭。

然而，我終究沒有放棄。

因為拚命跑在我身旁的衣緒花——她的側臉實在是過於美麗。

流經路旁的淙淙水聲，和她汗水閃爍的光芒重合了起來。

為了能多看幾眼美麗無比的事物，人類是真的會激發出無窮的潛力呢。

……不對，我這樣的想法其實並沒有持續太久。

我逐漸變得喘不過氣，雙腿也變得無力，腦袋變得朦朧，身體變得搖搖欲墜，整個人都感到難受。然後——

「嘔、嘔噁噁噁噁——」

我在6．5公里處終於忍受不住，大嘔特嘔了起來。

「真拿你沒辦法。雖然比平時的路程短了點，但今天就到此為止吧。」

「好、好的……抱歉……」

我蹲在路旁的草叢裡，頭昏眼花地點了點頭。不對，我有道歉的必要嗎？

我接過了所謂的補水飲料，結果鹽味和糖味奏起了荒腔走板的曲子。一言以蔽之就是——難喝。儘管如此，喝下肚的飲料還是讓我多少舒服了一些。

「才跑這點距離居然就不行了，你平時太少運動嘍。」

我之所以會流出眼淚，並不是因為衣緒花正煞有其事地用溫柔的手法撫摸著我的背，而是單純的生理現象。

「不，每天早上跑10公里的人才奇怪吧……」

我噙著眼淚這麼抗議。衣緒花先是思索了一下，隨即像是下定決心似的朝我看來。

「……有葉同學，我告訴你一個祕密。」

「咦？」

她這麼說著，明明周遭沒有其他人，卻還是把臉貼到了我的耳邊。

「其實我……」

她熾熱的吐息拂過了我的耳朵。

「非常地……容易發胖。」

衣緒花像是把這句話當成滔天祕密似的，這麼告訴了我。

「我小時候非常胖，所以每天若不跑上這麼長的距離，就會有很多部位……那個……長出肉。」

她之所以滿臉通紅，似乎不是因為惡魔的關係。

我下意識地想像起衣緒花變胖的模樣，總覺得那個樣子應該也挺可愛的。

「你是不是在想什麼奇怪的事？」

「我、我沒有啦。」

「雖說大尺碼或是身體自愛都是很出色的概念，但是我……那個……很討厭以前的自己。我照著父母的吩咐努力用功，不去做那些喜歡的事，而是用吃東西去宣洩壓力……但我現在還是很喜歡吃東西……總之，只要稍微輕忽大意，總覺得自己會變回原本的樣子……」

她用手指把玩著頭髮開口的模樣，感覺就像是一隻小動物似的。

「原來暴龍也不是呱呱墜地的時候就是一頭暴龍啊。」

「誰是暴龍啊？我可要從你的頭啃下去嘍？」

「我可不好吃喔。」

「真是的！……我是很認真的喔。那個……是因為有葉同學說過想多瞭解我一點……是你說過為了驅魔，有必要知道這些事的呀！」

「抱歉，我是真的嚇了一跳。沒有要取笑妳的意思。」

我感受到她似乎是真的下定了決心才開口，於是慌張地表明道。

與此同時，我也思索著和惡魔之間的聯繫。

「妳──有冒出過『不想變胖』的心願嗎？」

「我確實是迫切地這麼期望著。」

「惡魔該不會是透過噴火的形式，燃燒著妳體內的熱量吧？」

「如、如果是這樣，我甘願出賣自己的靈魂！應該說，你不用驅魔也無所謂！」

「不不，用惡魔來減肥怎麼想都不會健康吧……」

我雖然將想到的點子說出來，但只要冷靜想想，就知道這個猜測有太多說不通的部分了。其中最為重要的部分，便是她已經憑藉了自己的力量加以達成。

看到我露出沉思的模樣，衣緒花先是清了清嗓子，隨即用力拍了拍我的背。

「好啦，經過這番休息，你應該已經恢復了吧？」

「咳咳！不不，我還沒休息夠啊。」

「我都說你已經休息夠了。接下來是做伸展操。」

「這我大致猜到了……反正一定有肌力訓練對吧……」

「有是有，但我不想長出太多肌肉，所以是輕度的訓練喔。」

「都叫人跑10公里了，我才不相信妳口中的『輕度』有多輕鬆。」

「有葉同學，你只跑了6．5公里而已喔。」

「話是這樣說沒錯啦！」

在那之後，我便落入了和她一起做伸展操和肌力訓練的下場。我很快就癱倒在地，為僵硬的身體發出哀嚎，在我身旁的衣緒花卻接二連三地完成了訓練。她做著伏地挺身、棒式、深蹲、伸展和開腿等運動，雖說各種姿勢讓我不知道要把眼睛放哪裡，但我不敢將這些話說給衣緒花聽。她可是拚命維持自己的身材，要是動歪腦筋可就太沒禮貌了……我這麼說服著自己，硬著頭皮熬過這一關。

「如此這般，晨間運動就到此為止了。」

在訓練告一段落後，太陽已經升起，來到了早晨時段。

「那我就回家沖個澡吃早餐了，晚點學校見。」

她大氣也不喘一口——雖然是沒到這麼誇張的地步，但仍看得出衣緒花相當從容。

「那個……難道每天都要這麼做嗎？」

「那還用說？儘管如此，我最近還是在糾結許久後停掉了柔道課呢。」

「虧妳能堅持這麼久。」

衣緒花用力抿緊雙唇，握緊了雙拳。

「我的身體是為了勝利而生的，從每一根頭髮到每一吋細胞都是如此。為了交出亮眼的成績單，這是再理所當然不過的事了。」

剛升起不久的太陽照亮了河川。

而她的身姿也閃閃發光，絲毫不遜於陽光。

老實說，我稍稍有點吃驚。

我以為在這個世界裡，美麗的事物都是與生俱來的。

強者天生就是強大，耀眼奪目之人也是自帶光芒。我一直以為是這麼回事。

不過，至少衣緒花並非如此。

她不是一名天生的強者。

而是抱持著**想脫胎換骨**的心願，藉由不斷的努力改變了自己。

就像是到死亡之前都會不斷進化的ＤＮＡ，也像是燃燒著自己的恆星。

這樣的自信和自負，造就了衣緒花的強大。

衣緒花並非**天賦異稟**，而是**苦盡甘來**的類型。

逐夢一詞說來容易，甚至可以說是陳腔濫調。

想成為萬眾矚目的存在、想在時裝秀裡出場——無論是誰都能空口說白話。

然而她卻**追逐**著夢想，在現實裡**狂奔**著。

我不曉得衣緒花能不能贏下開場模特兒的寶座。

雖然不曉得，但她無疑是以此為目標，為此努力，並被惡魔阻卻了去路。

我這個人一無所有，沒有喜歡的東西，沒有想做的事，也沒有夢想或是希望。

正因如此，倘若衣緒花打算昂首前行，我便想成為她的助力。

作為一個願望，這樣的念頭是不是過於渺小了些？

她在晨光之中瀟灑離去。我看著她直挺挺的背影，為那耀眼的光芒瞇細了雙眼。

「哎，就是這麼回事。所以和性愛、嗑藥或是搞搖滾樂都沒關係。不如說是做了對身體有益的事呢。」

我在大致向三雨交代過來龍去脈後，她驀地睜圓了雙眼。

「有葉，咱覺得這件事有點奇怪。」

「咦，哪裡奇怪了？」

「因為，那個……你為什麼會一大早去和小衣緒花跑步？」

我突然有種恍然大悟的感覺。看來我的腦袋似乎沒有正常運作的樣子。

就我的立場來說，這只是無端被捲入嚴酷的修行而已。但經她這麼一說，會在一大早被叫出來，甚至是陪同長跑的交情，似乎是真的不怎麼尋常。

「咱就直接問了。你們是在交往對吧？」

「哪可能啊？」

「可是連恩和諾爾（註：指「綠洲合唱團」的創始成員蓋勒格兄弟）也是由曼徹斯特的勞動階層搖身一變成了暢銷榜冠軍不是嗎？」

「妳說得一副我全都聽得懂那些詞彙似的……」

「咱的意思是，這世上總是會發生些難以想像的事啦！」

「我不想把我和她的關係用『是不是在交往』這種膚淺的詞彙作為概括啊。」

「咱就說了，咱想問的不是這一點。」

「那妳想問什麼？」

「有葉，你有事情瞞著咱對吧？」

「嗚。」

哎，我也知道自己撒謊的功力非常爛。

雖然有些內容不能張揚，但一直被三雨擔心實在讓我感到過意不去。

我只能盡可能地不觸及核心，老實地交代部分的事實。

「呃……佐伊姊要我去幫衣緒花一些忙，由於詳細內容涉及到個人隱私，所以我不能說。抱歉。」

「……和小佐老師有關喔？聽說她正在休假呢。」

三雨在得知與佐伊姊的假期有關後，似乎是被我說服了。她原本就知道佐伊姊是我姊姊的朋友，卻不曉得佐伊姊有著惡魔研究員的身分。

不過，佐伊姊會被學生們用仰慕的態度稱為「小佐老師」，老實說讓我感到有些奇妙。大家都不曉得，那個人可是會把驅散惡魔的工作推到我頭上，自己則在機場裡大啖壽司啊。

「總之，沒發生妳擔心的那些事啦。」

「好吧，既然你都這麼說了……」

支支吾吾的三雨雖然看起來依舊有些不能接受，但我已經沒有繼續說明的力氣了。我再次趴上了課桌休息──而過沒多久，教室裡原本喧鬧的氣氛倏地沉寂了下來。

我再次抬起沉重的腦袋，便看到衣緒花直挺挺地站在我面前。

「你沒回我訊息，所以我就直接來了。」

「咦……啊……抱歉。」

再怎麼說，我也不敢在她面前直接確認手機，但大概是傳了訊息過來吧。然而話又說回來，原來我不立即回覆是不行的嗎？

「我們放學後要去看衣服然後繞路去書店再去圖書館。」

「等等，妳剛才說了什麼？」

「我得頻繁地去現場確認最新的狀況。畢竟只靠網路，是沒辦法查出銷售的狀況和評價的。」

「說不定是這樣吧。」

「我說過了，我們放學就出發。」

「我沒力了，妳就一個人去……」

我在脫口說到一半，這才驀然驚覺──

衣緒花的眼裡顯露出既像是生氣，又像是悲傷的情緒。

對啊，她一個人是去不了那些地方的。

「我、我知道了。我們就去吧，放學就走。」

「一開始就這麼說不就得了？我之後會傳碰面地點給你。」

在冷冷地這麼說完後，她便瀟灑地離去了。

「欸，有葉，小衣緒花總是那個樣子嗎？」

在她的背影從視野裡消失後，三雨這麼問道。

「哎，差不多就是這樣吧……」

「有葉啊，你覺得這樣好嗎？」

看到三雨露出了嚴肅的神情，我在感到心虛的同時也做出了回答：

「嗯。因為這是我現在不得不做的事。」

她先是交抱雙臂想了想，隨即低聲說道：

「……那就好。如果有什麼狀況，記得找咱商量啊。」

真是個好傢伙。沒辦法向她坦承真相，真的讓我感到很抱歉。

但我已經沒有好好回應的力氣，只能舉起一隻手作為回應。

總而言之，我得和衣緒花一同行動，查清楚她真正的願望。

對於她和我來說，這都是至關緊要的第一要務。

■

然而，凡事總無法盡如人意。

從那之後的每一天，都只能用水深火熱來形容。

早上五點在河邊碰面，跑10公里，然後上學。放學後去逛服飾店，在書店翻查時裝雜誌，然後去圖書館——這樣的行程循環著一天又一天。

從高級的精品店到我也曾購物過的平價服飾店，衣緒花廣泛且頻繁地造訪了形形色色的場所。她會熱心地向店員打聽，就算是標價三十萬圓的大衣，她也會落落大方地要求試穿，並實際穿上。儘管如此，卻沒有任何一名店員對此感到不快，大多數的店員反而都顯露出開心的反應，這也讓我留下了深刻的印象。

前往書店的時候，只要到了雜誌的發售日，她就會將當天的——書架上的所有時尚雜誌都看過一遍。她似乎已經購入了絕大部分的雜誌，但根據衣緒花的說法，在書店的書架前閱讀是有意義的。她毫不顧忌雜誌的客群年齡，也不分男性或是女性雜誌，在翻閱全數雜誌的同時向我快嘴道出了印象深刻的各種細節。老實說，我幾乎聽不懂她在說些什麼，但那些話語似乎大都是在自言自語，是以我盡力答腔，衣緒花也為此感到滿意，看來這麼做沒什麼問題。

而在圖書館，她會搬來我完全無法理解的厚重專業書籍，在寫下筆記的同時讀得津津有味。說起來，這世上竟然有針對服飾進行詳細研究的書籍，這是我一直以來無法想像的。

在這樣的每一天，衣緒花都平心靜氣地完成了要項。

「為了交出亮眼的成績單，這都是該做的事。」

這句話成了她的口頭禪。

努力指的似乎就是這樣的行為——總覺得我頭一次明白了這個道理。

這和我的生活可說是天差地別。她有著目標，並讓自己所做的一切與其相繫。她的所有努力，都是朝著夢想邁出的步伐。衣緒花總是散發著耀眼的光芒，對於在近處觀看她的我來說，總是有種雙眼似乎會被閃瞎的感覺。

為了給予支持，我在調查惡魔方面傾注了心力。

我在衣緒花的身旁讀著各式書籍，在網路上四處搜尋，試著對惡魔有進一步的瞭解。書本艱澀的內容讓我看得頭疼，也曾借閱過以惡魔的名字為題，內容卻八竿子打不著邊的書籍。在一開始的時候，我把找不到有益的資訊視為一種理所當然，而現在回想起來，當時的我根本一點幹勁也沒有。

我雖然有堆積如山的問題想問佐伊姊，但她從未回覆過訊息。我也曾前往了城北大學打算直搗黃龍，但在廣大的校園腹地裡，我實在是想像不出惡魔研究室會座落在何處，最後只能垂頭喪氣地打道回府。

在這次撲空之後，我在筆記本上寫下了衣緒花可能會抱持的心願。從高尚的心願到無聊至極的慾望——凡是有可能的願望，都被我一一列成了清單。這份清單多達好幾頁，感覺很快就會把筆記本填滿。我每天都忙到深夜，一旦累了就趴在桌上入睡。

在一天二十四個小時裡，我總是想著衣緒花和惡魔的事。

有生以來，我還是頭一次如此認真看待一件事。

之前的我沒有夢想、目標，也沒有想做的事。

但現在不同了。

對我來說，驅散惡魔既是**該做的事**，同時也是想實現的**心願**。

既然衣緒花想讓自己脫胎換骨，我也多少得有所改變才行。

到了某天晚上，百思不得其解的我，決定上街散步。夏天夜裡的空氣，似乎冷卻了思考得過熱的腦袋。

驀地，我察覺到了一件事。

迄今為止，我都是在思考衣緒花的心願為何。

但說不定，我該深入研究的，是她冒出火焰時的**情境**。

我在手機上做起了筆記。

第一次相遇的屋頂。

將我推倒在地，進行了一番問答的空教室。

和蘿茲發生爭執的服飾店。

我對在那之前的事情不太熟悉——但若要從這三次的情境找出共通點，會得出什麼答案？

說起來，在那天之後，她就再也沒有冒出火焰，這究竟是怎麼回事？

難道說，衣緒花逐漸接近了自己的心願，削弱了惡魔的力量嗎？

就算不曉得噴火的原因，只要能自然而然地實現願望，就會讓惡魔消失——這也是有可能會發生的事嗎？

這時，手機的畫面倏地一變，顯示出衣緒花的名字。

「嗚哇！」

我不禁發出大喊，讓路人露出了古怪的表情朝我看來。

我調整著呼吸，按下了通話鍵。

「衣緒花，怎麼啦？」

「我通過了第三輪甄選。」

「也就是說……」

我倒抽了一口氣。

「沒錯，下一次就是最終試鏡了。」

這一天終於要到來了——我心想。

迄今為止，就算衣緒花不小心冒出了火焰，只要我待在近處，就能把她帶到沒有人煙的地方避難。

試鏡當天卻不能這麼做。她必然會被綁在與多人共處的場所。萬一冒出火焰，一切就付之一炬了。

「妳打算參加對吧？」

我姑且問了一句，而回答也在我的意料之中。

「那還用說？」

「妳打算怎麼辦？」

「你是認真在問這個問題嗎？」

「因為我很擔心妳啊。目前惡魔還在妳的體內呢。」

「正因為如此。」

「正因為如此？」

「有葉同學，你也要跟我一起來。」

「咦？」

「這不是當然的嗎？有葉同學，對我來說，你是什麼身分？」

我下意識地停下腳步。走在我身後的行人不是撞上我，就是露出了不快的表情挪步迴避。

我無言地垂下臉龐，再次將手機抵到耳邊。

「我辦不到啦！那裡只有相關人士能進出不是嗎！」

「所以要偷偷潛入喔。」

「我雖然是驅魔師，但不是忍者啊。」

「只要有臥底在，就不會有不可能的任務。」

「妳夾雜了太多B級電影的用語啦。」

我雖然這麼回話，但也感受到了自己的責任。

既然衣緒花通過了甄選，顯然就得親自參與最終試鏡。就像她想追求身為模特兒的實際成果那般，我也該以驅魔師的身分交出成果才行——我得釐清她的願望，驅散她身上的惡魔。

正因為遲遲給不出一個交代，才會讓她落入現在的這般窘境。

「……我知道了。總之我得前往試鏡的會場，要是衣緒花冒出火焰，我就……想辦法制止對吧？」

「你的認知很正確。」

「畢竟我也想再多蒐集些線索呢……」

「關於讓你進入會場的方法，我會再仔細想想的。拜拜。」

說完，她唐突地掛斷了電話。真是的，該說她我行我素呢，還是該說她做事風馳電掣呢？

不過，我雖然講了「想辦法制止」，但關於實際的作法仍未定案。

我得進入外人嚴禁入內的場所，在避免受人矚目的狀態下，保護一個不知何時會冒出火焰，也不曉得冒出火焰時該如何應對的女孩。

但正因如此，這正是驅魔師——是我說什麼都得去做的事。

第5章　只屬於你的特別

AOHAL DEVIL

當天早上，我被叫到了一個奇妙的空間——在一道狹窄的走廊上，並排著許許多多的門扉。這裡似乎是所謂的自助儲物空間，我對這樣的場所一無所知，根據衣緒花的說法，這裡似乎是用來存放衣物和更衣的空間。

在讓人眼花撩亂的空間裡，她毫無窒礙地向前邁步，並打開了某扇門扉的鎖踏入其中。我倆溜進了堆滿大量衣架和收納箱的狹小空間。

「聽好了，我們要照原訂的劇本行動。試鏡會場會有許多不同身分的人參與。雖說會場的地點只有相關人士知道，但不可能有人記得住所有參加者的長相。就算身為局外人的有葉同學入場，想必也不會惹人懷疑吧。」

「講得像是沒人把關一樣……」

「不過，這也得要能順利進入會場才行。除了我之外，同樣有必要讓有葉同學攻克會場的櫃台。」

「我身為局外人，又只是個平凡高中男生，怎麼想都辦不到吧？」

「我會化不可能為可能喔……只要用上這個就行了！」

她得意洋洋地遞到我面前的那玩意兒——

不管怎麼看都是一套西裝。

「難道說，妳要我在這裡換衣服嗎？」

「放心吧，我也經常在這裡更衣呢。」

「不不，我不是那個意思……」

「如果不知道怎麼穿，就讓我來幫你換衣服吧。」

「我想說的不是這個啦……」

我想表達的是「我為什麼非得在女生就近注視之下更換衣物不可」，但對於身為模特兒的她來說，這似乎構不成抗議的理由。

我決定把一切拋諸腦後，乖乖按照她的吩咐行事。

脫掉襯衫、汗背心，稍微猶豫了一下後，我把長褲也脫了。

她和我的距離之近，幾乎可以直接擁抱在一起。

我照著她的吩咐行動後，在不知不覺間就脫到只剩下一條內褲了。

老實說，這真的讓我感到很害臊。

我只能祈禱自己的心跳聲沒有傳進她的耳裡了。

「哦……」

衣緒花交抱雙臂退了半步，毫不客氣地打量著我的全身上下。

「怎、怎樣啦？」

「真讓人不爽呢。」

「為什麼啊？」

「你明明沒做什麼運動，但身材還是滿結實的呢。」

突然，她用指甲抵住我的肚子，像是在確認肌肉的起伏似的，輕柔地來回撫摸了起來。

我忍住了想發出喊聲的衝動，拚了命地抗議道：

「妳、妳這是在性騷擾啊。」

「沒錯喔。因為我看了很火大，所以才會逗你玩呢。」

「嗚……」

「我也不打算讓你樂在其中，就暫且饒了你吧。」

看到我的表情，衣緒花像是很滿意似的抽回了手。

「那麼，請穿上這個吧。」

她再次將手伸過來的時候，手裡抓了一件襯衫。

然後是襪子、西裝褲和腰帶。我在接過之後便一一穿上。

「我來幫你打領帶吧。」

我還來不及回應，她便將手伸了過來，讓領帶環過了我的脖子。這樣的姿勢看起來就像是擁抱在一起，讓我連忙出言制止。

「我、我自己會打啦！」

但我的主張讓衣緒花皺起了眉頭。

「嗄？」

「畢竟平常穿制服的時候，我就有在打領帶啊。」

「那我問你個問題。英式風格的西裝，襯衫採用方領設計，領帶的寬度和厚度大約是這樣。請問在做這套打扮的時候，最適合打什麼樣的領結？」

「嗚……說起來，領帶的打法不是只有一種嗎……？」

「正確答案是半溫莎結。我可是專家，你就閉嘴讓我打領帶吧。」

「好的……」

無從辯駁的我只能任憑擺布。

衣緒花在我胸口打領帶的模樣，讓我沒辦法保持平常心。

過了不久，她抬起臉龐，在讓我穿上最後的西裝外套後，「砰」地拍了一下我的胸口。

「嗯，有葉同學，你這樣穿很好看喔！」

深灰色的西裝相當貼合肌膚，連我都明白用上了相當高級的質料。打理得一絲不苟的紫色領帶，也給人精明幹練的印象。不對，打這條領帶的其實是衣緒花，這只是把我這個凡人包裝起來罷了。

「不管怎麼看，你這身打扮都像是我的經紀人呢。」

衣緒花以雲淡風清的口吻說出了不得了的內容。

「不可以啦！真正的經紀人也會到場吧？」

「那還用說？」

「要是碰面就會被拆穿了！」

「不對，不會曝光的。」

「哪可能不曝光啊？」

「我剛剛也說過了吧，會場裡沒人能記得住所有相關人士的長相。就算被我的經紀人看見，他也只會認為有葉同學是**不屬於同一個組織的某個人物**而已。」

「就不能說服那位經紀人，請他讓我到現場觀摩嗎？」

「絕對不行。要是被他得知有葉同學的存在，將會變得一發不可收拾。」

這句話讓我的背脊發寒。那位經紀人究竟是何方神聖啊？

「是說，這套西裝是從哪裡弄來的？這是男生用的款式對吧？」

我這麼一問，衣緒花就突然別開了臉龐。

「這……該怎麼說……那個……我之前就想過，要讓你穿上這套……」

「只因為這種理由，妳就買了整套西裝？」

「這、這是用來研究的！是資料！是必須的支出！」

「是什麼時候買的啊？是說，這尺寸也太合身，讓我都有點發毛了。」

「只要看個幾眼，我馬上就能估量出來了。」

「居然一臉得意地說出了不得了的事。」

「……因為我覺得你穿起來會很好看……」

「咦？」

「沒事。那個……男用西裝的版型是按照男人的骨骼設計的！我發現自己再怎麼厲害，也沒辦法改變骨骼好好穿上呢！」

「就因為這種理由嗎……」

我看著鏡子裡的自己，總覺得變成了另一個人似的。

仔細想想，這還是我第一次穿上西裝。我在出席葬禮的時候穿的是制服，親戚之中也沒人結婚，這讓我覺得有些不可思議。明明外型和制服相似，穿起來的感覺卻截然不同。厚實布料服貼在身上的觸感，就像是**盔甲**一般。站在衣緒花的身旁，就覺得我真的成為她的經紀人似的。

不對，就心情而言，應該要這樣形容更為正確。

我覺得自己成了衣緒花的**騎士**。

■

在換好衣服後，我們搭上電車前往會場。

我還以為身為一名出名的模特兒，理應會有專車接送，但根據衣緒花的說法，能享受這等待遇的人僅是鳳毛麟角，讓我為之傻眼。

上了電車後，坐在我身旁的衣緒花顯然相當緊張。她緊繃著一張臉，看似神經質地觸碰著星型髮飾。

「妳總是戴著這個髮飾呢。」

為了讓她放鬆一點，我試著抛出這個話題，而她則是展露笑容回答道：

「這是我第一次在敘話購買的東西，也是讓我想當上模特兒的契機……它總是能讓我回想起那時候的心情，對我來說就像是護身符一樣。在試鏡的時候得換上指定的衣物，所以到時候也沒辦法配戴就是了。」

聽著她的說明，我這才心領神會。

護身符——對現在的她來說，這肯定是最為需要的物品。

從逆卷站搭兩站電車，便能抵達會場的所在地。我原本想像不到會是什麼樣子的會場，但循著衣緒花所指的方向看去，我只看到一棟再普通不過的大樓，登時讓我有些錯愕。

「在這裡的三樓。」

我們搭著電扶梯，來到了一處由白牆構成，看似大型會議室般的地方。許許多多的人們看似忙碌地熙來攘往，散發著獨特的緊張感。一想到這就是衣緒花眼中的日常光景，就再次讓我感受到兩人所處的世界有多麼不同。我強忍著想左右張望的衝動，很快就和衣緒花一同來到了櫃台前方。

「您好，貴姓大名？」

櫃台小姐笑吟吟地出聲問候。她身上的服飾既美觀又不流於死板，我險些被這洗鍊的美感所懾。只不過，今天的我並沒有相形失色，於是我便挺起了胸膛。我看到櫃台小姐的手邊放著一份清單。

「我是參加試鏡的伊藤衣緒花。」

「好的。伊藤小姐和……這位是經紀人對吧？」

「是的。」

我盡可能壓低嗓音回答。

「您的休息室在B廳。經紀人不得進入休息室，還請您留意。」

「我知道。」

我再次用假音回答後，櫃台小姐便爽快地——遠出乎我意料地——放我們通行。衣緒花看著我的臉孔，對我送了個秋波。

就在我為此鬆一口氣的時候——我被叫住了。

「啊，請留步。」

我有些僵硬地轉頭看向櫃台小姐。我能感受到夾在背部和西裝襯衫之間狂冒的冷汗。

「有、有什麼事嗎？」

「想向您索取一張名片。」

衣緒花和我的視線交錯了一個瞬間。

「不好意思，我並沒有製作名片……」

「啊，就算只有經紀人先生的名片也不要緊的。」

櫃台小姐露出了略感訝異的表情這麼說道。一直到很久之後，我才知道大部分的模特兒是都不會製作名片的。

在這種時候該怎麼回答才好？大概是這樣吧……

「……不好意思，我身上的名片剛好發完了。」

「啊，我有帶喔。您要的是這張名片對吧？」

我知道這開朗高亢的嗓音是她演出來的。

「謝謝您。是清水椎人先生對吧？請進。」

我們從櫃台小姐的身旁掠過，又走了一小段路，在確認周遭沒有其他人會聽見我們的交談聲後，這才吁出了壓抑許久的嘆息。

我們同時放下了心中的大石。

「呼……真是好險。」

「之前都沒有細查到這種程度呢。也許是這次的安檢比較嚴格吧。」

「也代表這次的活動就是如此重要吧？」

「要這麼理解也行呢。」

衣緒花沒看著我，就這麼快嘴說道。她掃視周遭的眼神顯得心神不寧。

「……妳很緊張嗎？」

「我哪可能緊張呀。試鏡對我來說比一天三餐還常吃呢。」

「妳是想說『家常便飯』吧……」

我不禁露出苦笑。她似乎連逞強的話語都說不好了。

「放心吧，就算真的冒出火焰，我也會想辦法解決的。」

「話是這麼說……但我也不見得會被選上……」

「妳不是一直在努力嗎？這還真不像妳平時的表現呢。」

「有葉同學……」

「噓。」

我豎起食指制止了她，衣緒花連忙閉上嘴巴。她居然會犯下這種失誤，足見是真的很緊張。

「……衣緒花，妳是一隻唯我獨尊的暴龍對吧？放心吧，妳會脫穎而出的。」

「這是在誇我嗎？」

她看似不服氣地交抱雙臂，鼓起了臉頰。

「姑且算是有那個意思。」

聞言，衣緒花輕輕笑了笑。總覺得她繃緊的神經，到了這時才終於有所緩解。

「真是的，你很不會鼓勵別人耶……但還是謝謝你。總覺得有很多事情都突然變得無關緊要了。」

「那真是太好了……吧？」

「是呀，應該是好事吧。我想清水先生很快也會抵達，你最好別和他離得太近。我們就在這裡分開吧。」

「我知道了，就這麼辦。」

她閉上雙眼，呼出一口長氣。原本上揚的肩膀緩緩下垂，她隨即看著我的雙眼，露出微笑。

「我出發了。」

「嗯，慢走。」

衣緒花走向休息室的背影依舊筆挺，讓我鬆了一口氣。

而在這一瞬間——

「打擾一下。」

有人拍了我的肩膀。

我回頭一看，只見一名高挑的男子站在我的身後。

他和我一樣穿著西裝，提著一個四方型的包包。他長得相當高，在頎長的西裝褲上方，有著一片厚實的胸膛嚴陣以待。但和強壯的體格相比，他秀氣的容貌甚至讓人產生了反差感，柔亮的頭髮則是打理得宜。他是模特兒嗎？不對，敘事童話的模特兒應該全都是女性陣容才是。

這種情況……難道是……

「呃……請問您是哪位？」

「問我是哪位？這可真是個有趣的問題，想不到你臉皮挺厚的嘛。」

他以端正的容貌發出了極不相配的低沉嗓音，輕輕舉起了一隻手。

男子用食指和中指挾著一張名片。

「我就是清水椎人。」

■

「好啦，我有些問題要向你問個清楚。」

我被這名男子——清水經紀人帶到了看似會議室的地方。他一語不發，只用手勢催促我坐下。面對這股壓力，我只能乖乖照辦。

「那個，這麼做是有原因的……」

「少年，現在是我在問話。你叫什麼名字？」

「我叫在原有葉……」

「你偽造身分闖入會場一事，已經在我的掌握之中了。我已經和櫃台做過了確認，照理來說，我應該要報警才是。」

他像個正在親自辦案的警察似的，侃侃而談道：

「別想騙過我的眼睛。就你的長相來看，應該是高中生吧。那麼大概就是和衣緒花同校的學生了。我雖然也懷疑過你是跟蹤狂，但就狀況來看，應該是衣緒花主動邀你幫忙比較合理。儘管不曉得的目的為何，但你似乎和衣緒花的關係相當親暱啊？」

「您誤會了，我——」

清水先生在我的對面坐下。他那綻放精光的雙眼，讓我不禁瞇細了眼睛。

「我說過，現在是我在問話。你和衣緒花是什麼關係？」

「呃……這個，該說是什麼樣的關係才好呢……」

我不禁為之詞窮。這不是因為壓力的關係，而是因為我真的不曉得該如何形容。

畢竟不可能坦白惡魔附身者和驅魔師的身分——但在抽離這部分後，我和她之間到底是什麼樣的關係？

清水經紀人似乎認為我是在隨口敷衍，在這時探出了上身。

「到頭來，我想問的就只有一個問題。」

我說什麼都不能讓惡魔一事曝光。這名男子肯定握有能干涉衣緒花工作的力量。要是被他得知衣緒花隨時都有冒出火焰的風險，一切就付諸東流了。不過，我撒謊的技巧很爛，一旦胡言亂語，就會立即被揭穿。該怎麼辦才好？

但他說出口的是出乎意料的質問。

「她還好嗎？」

「嗄？」

「衣緒花有好好睡覺嗎？有好好吃飯嗎？在學校有被欺負嗎？有什麼煩惱嗎？你應該也很清楚她的個性，我雖然問過她無數次了，但她什麼都沒說……」

每說出一句話，他的語調就逐漸降低，最後甚至帶了點哭腔。

我想必正像隻垂死的金魚般，讓嘴巴呈現出張張闔闔的模樣吧。

「是、是老媽子啊……」

「老媽？她如果是和監護人同住，我就不太需要擔心了……」

我暗自感到一陣錯愕。

這個人，其實就只是愛操心而已——而且是很極端的那種。

我終於明白衣緒花那句話的意思了。要是有葉同學的存在曝光，事情就會一發不可收拾——

但實際的狀況和我的猜測倒是有著不小的出入。

「呃，不好意思，我也不曉得該不該提及衣緒花的個人隱私。」

「這樣啊……你這樣說也有道理……」

明明擺著一張撲克臉，卻能感受到他很失落。這位先生還真是奇妙。

在沉默了一會兒後，清水先生開了口：

「……我覺得，那孩子一直為某種煩惱所苦。」

我原本逐漸放心的心境，像是被瞬間凍結似的凍僵了。

「你知道些什麼內情嗎？」

「我、我不知道。」

「你知道呢。」

「嗚嗚。」

「但是不能開口……是嗎？既然如此，那就和工作無關，是屬於私人的事了。」

我沒辦法回話。他並不是單純地愛操心，還有著見微知著的本事。我不管說什麼都只會自掘墳墓，絕對不能洩漏資訊。

要是被他知道衣緒花隨時都有可能噴出火焰，這位愛操心的經紀人肯定會以她的安全作為第一優先吧。這麼做是對的——雖然是對的，卻會讓衣緒花錯失這次的機會。

清水先生重重地嘆了口氣，低垂了形狀姣好的眉毛。

「衣緒花最近的狀況很不尋常……你有看過時裝手冊嗎？」

聽到這突如其來的質問，我連忙挖掘腦內的記憶。

「是指那份型錄對吧？」

「原本除了時裝手冊之外，連廣告看板都是要由衣緒花擔綱的。然而，她從那時候開始，就經常在正式拍攝的時候狀況頻出。也因為如此，我們才臨時選用蘿茲登上看板。衣緒花似乎很介意這件事，而在我看來，她好像一直都在勉強自己……但那孩子總是有虛張聲勢的傾向……」

這些內容都讓我感到在意。衣緒花從來沒和我提過這些事。如果那就是惡魔附身在她身上的時間點——該不會和蘿茲有關吧？

「不過，我稍稍感到放心了，少年。因為有你這樣的存在陪伴在衣緒花身旁啊。不對，這也會讓我擔心起其他的部分……像是週刊雜誌之類的……唔……」

「您、您一直在看著衣緒花的表現呢！」

我中斷思考，在話題轉向麻煩的方向之前硬是換了個話題。

清水先生先是一驚，隨即微微舒展了眉頭。

「……模特兒是一門勞心費力的工作。她們的外觀總是會受到評價，並被貼上各種標籤。就算做過努力，也不代表能有回報。能讓眾人停下目光的，唯有那一瞬間的亮點而已。至於那些沒被選上的人們，就會落得被捨棄的下場，也不會有人為此負責。」

清水先生靜靜地凝視地板，他的眼神就像是在看著被螞蟻搬走的死蟬。

「也因為如此，我希望自己能做到盡善盡美。為了不讓我的人生留下遺憾，我想讓自己的工作盡可能地幫上她們。」

我不曉得該如何答腔，於是沉默以對。

不過，我腦中浮現出一個念頭——

最起碼，衣緒花還是有一個很棒的經紀人陪在身邊呢。

「如此這般，掌握模特兒的交友狀況也是我的工作之一。少年，我也想瞭解你的為人呢。你擅長運動嗎？讀書呢？嗜好呢？喜歡些什麼？喜歡哪種類型的女孩子？洗澡的時候會從哪裡開始洗？」

「咿！」

遭到逼問的我發出了慘叫。但在這時，清水先生驀地收起了質問，仰頭看著半空。

「……哦，看來時間用完了。」

「咦？」

幾秒鐘後，門扉傳來了「咚咚」的敲門聲。

「請進。」

在收到回應後，開門露臉的人——是衣緒花。

「清水先生，好像等下就要開始了，所以……咦？」

她來回看著我和清水先生的臉，險些彈起身子。

「衣緒花，如果有朋友想來觀摩，妳就該早點和我知會一聲。拜此之賜，我還真是嚇了一跳呢。」

「呃……好、好的。那個……」

困惑的衣緒花對我投來視線，我在看出她視線的用意後，便輕輕地點了點頭。

「話又說回來，衣緒花，妳的狀況還好嗎？妳看起來還滿緊張的。」

看到她的模樣，清水先生露出了擔憂的表情窺探了起來。穿著白色T恤和牛仔短褲的她，目前看起來已經失去了平常心。

「放鬆點。妳肚子餓嗎？我這裡有飯糰和三明治。這裡的空氣有點乾燥，最好含點喉糖來吃。要挑那種強效的。要喝東西嗎？我手邊只有常溫的飲料，如果想喝冰的或是熱的，我就去幫妳買回來。」

「不、不用，我沒事！」

看到清水先生接二連三地把東西放到桌面上（他的包包居然能塞這麼多東西！）衣緒花擺了擺雙手制止道。

「這樣啊，那就好……蘿茲的狀況如何？還在休息室嗎？」

「她早一步離開了。」

「很有她的風格啊。我等下也會過去，妳就先出發吧。」

衣緒花雖然在意著我的狀況，卻仍背過身子，朝著會場邁步而去。

而留在會議室裡的清水先生在將東西收回包包後，用拇指比了一下門扉。

「好啦，少年，我們也該動身了。」

「咦？要去哪裡？」

「你在說什麼啊？當然是會場啊。」

「但我是個局外人……」

我嚇了一大跳。因為在被抓包之後，我就以為這次的作戰以失敗告終了。

「現在最該擔心的，是衣緒花因為緊張而發揮不出實力的狀況。就剛才的反應來看，看到你的臉孔，似乎會讓她更為安心。還是說——」

清水先生打住了話語，用那雙銳利的雙眼朝我看來。

「——你不待在她身旁，是為了她好？」

這個問題的解答，並不是我能夠決定的。

即便如此，我也還是打算做好自己該做的事。

■

十分鐘後，我在清水先生的帶領下，來到了試鏡會場。

純白色的房間裡擺著好幾張桌子，而這些桌子都朝著中央的空間擺放。許多人坐在椅子上，來回翻閱著手邊的紙本。

我來到了房間後方的角落，和清水先生站在一起。周遭還有許多同樣穿著西裝的人們佇立於此。而我不曉得他們是否同為經紀人，還是其他方面的相關人士。

在排列整齊的椅子上，坐著這場試鏡的參加者，一共有六人。所有人都和剛才的衣緒花一樣，穿著T恤和短褲。這身打扮會殘忍無情地展現出自身的體態，我這下切身明白她必須每天早上跑步的理由了。

就算站在遠處，也能看出衣緒花的表情相當僵硬。她夾緊了肩膀，擱在膝上的雙手也緊握成拳。

而在她身旁，蘿茲則是蹺腳坐著。和緊繃不已的衣緒花不同，她老神在在地盯著自己的指甲，彷彿隨時都要哼出歌似的。

和在場的人數相比，會場安靜得讓人吃驚。一股箭在弦上的緊張感滲透了整個空間。

這裡是幫人類打分數，做出評比的地方。吃了些什麼、學了些什麼、具備了哪些技藝——這些資訊必須受到眾多專家的審視，若是被他們瞧出了破綻，就會一敗塗地。

我身歷其境地感受到了衣緒花想脫穎而出的這個世界有多麼可怕。

換作是我的話，說不定早就請惡魔幫我實現願望了。

她親自選擇，走上了這條嚴苛的**青春**之路。

那我也要為了衣緒花盡己所能。

我再次環視起會場。

候選者們——衣緒花等人坐在房間的對向角落。我如果想去營救衣緒花，必然避不開評審們的目光。我雖然不認為會有人懷疑她是被惡魔附身，但要是在試鏡的中途離席，肯定會對甄選帶來影響——說不定會直接遭到淘汰。

我的包包裡裝著折疊好的防火墊，這是在野外生火時會用到的器材。如果她突然冒出火焰，我就會披上防火墊，迅速地透過逃生口將她帶離現場。即便沒辦法滅火，這麼做應該也能爭取到一些時間，不讓火勢延燒到周遭。

我已經在腦海裡無數次演練過這樣的計畫。這都是為了在狀況發生時能好好動作。

一旦真的發生意外，我就不得不做出取捨。

我祈禱著事態不會走到這一步。

過不多時，試鏡安靜而莊嚴地開始了。

「各位早安，我是首席設計師手塚照汰。」

率先起身報上名號的男子，可說是異樣地缺乏特徵。他理著極為樸素的髮型，穿的是毫不起眼的打扮。黑框眼鏡、白襯衫、灰色長褲——我原本把他想像成更為搶眼的人物，而這顛覆預期的樣貌著實讓我為之一愣。

「敘事童話——對各位來說，或許『敘話』更為耳熟能詳吧。我們這次將首次參加全國女孩展演，而正如各位所知，如今要舉行的，是選出開場模特兒的最終試鏡。身在此處的各位，全都闖過了一關一關的甄選。還請各位先為此抱持著自信。」

設計師環視著候選者們，繼續說了下去：

「敘事童話的設計核心乃是『只屬於自己的故事』。我一直相信，擁有故事的並不是衣著本身，而是穿戴了衣物的人們，並為他們的人生設計了種種作品。我期許各位能展露出只屬於自己的——特別的故事。」

明明長著一副隨處可見的外觀，但他的聲音意外地嘹亮且渾厚。他不尋常的存在感支配了整個空間。

「那個設計師不是省油的燈啊。」

清水先生小聲地對我說道。

「我看不出來耶。」

「他雖然展露笑容，但眼睛沒有笑意對吧？這名男子城府不淺，只要是為了製作出自己期望的效果，他就會不擇手段。若不是這樣的人物，他就不可能在短短幾年之內讓新興品牌成長到這般水準。衣緒花不要緊嗎……蘿茲她……」

我驀地感到胸口一痛。

清水先生同時是衣緒花和蘿茲的經紀人。他應該是由衷地在擔心這兩人，並希望她們能順利結束這次的試鏡吧。

但我不同。

我希望衣緒花能夠獲勝。若不是這樣的結果，我就無法接受。

過不久，主持人開始喊出了候選者的名字。

首先被唸到的是——

「蘿莎蒙．羅蘭．六鄉小姐。」

被叫到名字的她像個孩子似的，活力十足地回應道：

「有！從蘿茲開始對吧！」

「那麼，就請您走一段台步。」

在主持人的催促下，她落落大方地來到了中央的區域，並安靜地佇立了一會兒。

就在眾人開始面露訝異，對她的舉動感到不解的時候——

蘿茲原地轉了一圈。

那是出人意料，沒人能夠想像的動作。

光是這麼一個舉動，就讓所有人的視線集中到了她的身上。

就像是將長長的絲線纏繞在掌心似的。

蘿茲俏皮地輕輕吐舌，舔了嘴唇一下。

隨即跨出了一步。

我不禁懷疑起自己的眼睛。

我所看到的，**是一場時裝秀**。

在她邁出步伐的瞬間，世界就被改變了。

那裡已經不再是會議室，而是一處伸展台。台下聚集了滿滿的觀眾，而她穿的則是美麗的衣服。聚光燈恣意灑下，悅耳的音樂流淌。

在她邁出步伐的這十餘秒期間——

我確實體驗到了這樣的情境。

所有人都被吞噬了。所有人都沒有開口。就連設計師也只能凝視著她的一舉一動。

在這一瞬間，蘿茲才是這個世界的中心。

而在她走完台步之後，現場爆出了如雷的掌聲。

究竟是真的有人在拍手，還是過於強烈的印象讓我產生了幻覺，此時的我已是無從分辨。

即便是在定睛凝視的手塚照汰開口之際，我也還沒能抽離那酩酊般的狀態。

「蘿莎蒙・羅蘭・六鄉小姐，我有個問題想問您……這場試鏡，說穿了就是在決定下一則故事的主角。您本身的故事，必須比我所設計的服飾更有故事性才行。為此，我的質問如下──」

他的聲音聽不出一絲的情緒。我聽不出他對蘿茲的台步有何感想，也不曉得他是出於何種心情發出質問。

但也因為如此，他所質問的內容凝聚出輪廓，形成了一針見血的利刃。

「──妳到底有何特別之處？」

發出這般疑問的瞬間。

我在設計師的腳邊看到了黑影。

在祈願只是自己眼花的同時，我仍凝神細看。

出現在那裡的果然是──

一隻黑色的蜥蜴。

在我的凝視之下，蜥蜴從人群的夾縫中滑溜而行，先是攀上了衣緒花的腳指，隨即爬上了她雪白的大腿，最後則是穿入熱褲的褲管。

她抿緊了唇，使勁握著雙手，看起來像是拚命在忍耐些什麼的樣子。她的額頭上冒出了汗珠。其餘的模特兒們環顧起周遭，大概是隱約為氣溫的急遽變化感到不太對勁吧。

「這太過理所當然，是我從未思考過的事。蘿茲就是蘿茲，除了自己之外，哪還會有其他人在自己的人生裡擔任主角呢？」

感覺蘿茲回答的聲音是從很遠的地方傳來的。

「原來如此。」

在設計師語氣平板地回應後。

主持人下一個唱名的是——

「伊藤衣緒花小姐。」

被點名的她抬起了臉龐。

糟糕。

得立刻將她帶出會場才行。

就算會搞砸試鏡，也是無可奈何的結果。得預先防範她會冒出火焰——引發火災的可能性才行。因為要是稍有差池——

就可能會鬧出人命。

然而，就在我打算衝出去之際，卻突然動彈不得。

因為清水先生用力按住了我的肩膀。

我轉頭一看，只見他緩緩地搖了搖頭。

他不可能知道惡魔和火焰的事。大概是因為我的舉動有異，他才會制止我吧。

他的眼神述說著——他也和我一樣擔心著衣緒花。

……不行。我辦不到。

我很清楚衣緒花在站上這座舞台之前，究竟付出了多少努力，如今我卻打算在開戰之前摧毀她的努力——我實在無法親手奪去她的機會。即使明白這是錯誤的選擇也一樣。

既然如此，要跨過這個難關的方法就只剩下一個了。

在我停下動作後，清水先生也放開了手。

我將視線挪回衣緒花身上。她也緩緩地朝我看了過來。

動搖和不安的情緒在她的眼裡盤旋著。

我像是要讓她逐漸失焦的雙眼拉回原處似的，緊緊凝視著她。

衣緒花。

我還不曉得妳的心願為何。

然而，不管妳許下了什麼樣的願望，妳都靠著自己來到了這裡。

別讓火焰搞砸了這一切。

別輸給惡魔那種鬼東西——

「……伊藤……衣緒花小姐？」

沒有收到回應而感到困惑的主持人，又一次喊了她的名字。

她在「嘶」地用力吸了一口氣後，以響亮的語氣回答了：

「有。」

我原本很擔心她會就此冒出火焰。

衣緒花卻筆直地起身，在眾人的目光之中舉步前行。

她的身姿已經看不出有絲毫的躊躇。

衣緒花將視線朝我投來了一個瞬間。

以只有我能明白的動作微微一笑。

接著，她在主持人的催促下，開始走起了台步。

我不禁屏氣凝神。

那是宛如刀刃般，打磨到了極致的步伐。

唯有經歷過無數次練習的人類，才能練就出這身洗鍊的動作。她的一舉一動都沒有絲毫的贅冗。

那幾乎能以粗獷來形容的步伐所讓我看見的，並非一場華美的時裝秀。

我所看見的是她的努力——不對，是我不曉得的人生歷程。

這一切都凝縮在這段台步之中。

她吃過的東西，看過的景致，學會的知識，對身體的理解。

而最重要的，莫過於她奉獻給自己人生的——那股熊熊燃燒的熱情。

她每天積累而來的經驗，寄宿在她的體內。

從每一根頭髮到每一吋細胞，都是為了勝利而生。

我認為衣緒花很美。

這不是指她的外貌。

而是她的人生觀。

我發現，那隻蜥蜴在不知不覺間消失了。

她的額頭上沒有一滴汗水。

積沙成塔的努力。

戰無不勝的覺悟。

百折不撓的自信。

如果說，這就是支持她走到現在的一切……

衣緒花說不定——

連惡魔都可以征服？

最後，衣緒花在沒有冒出火焰的情況下，順利走完了台步。

在她站回原本的位置後，我這才回過神來。

會場也是一片靜默。

就連身旁的清水先生也是一語不發，只是抵著嘴角深思。

蘿茲皺起眉頭，瞪視著衣緒花。

而將來龍去脈盡收眼底的設計師，也拋出了和剛才相同的問題：

「伊藤衣緒花小姐，我也想問您這個問題。您究竟有何特別之處？您覺得自己的何種特質值得被挑上？」

幸好蜥蜴依然不見蹤影。

我專注傾聽著衣緒花的回答。

「我——」

但她的答覆並沒有延續下去。

置身冰窖般的沉默。

會場稍稍嘈雜了起來。

我知道自己用力握緊了拳頭。

如果有所謂的祈禱存在，一定就是我現在這樣的心境吧。

衣緒花先是想了一會兒，然後重重地嘆了口氣。她筆直地凝視設計師，再次開了口：

「——我想，我應該不是什麼特別的存在，只是個隨處可見的平凡女孩。」

會場的眾人都傾聽著她的話語。

「只不過，也因為如此，我想變得特別——不是當個隨處可見的陌生人，而是想成為無可取代的**那個人**，並為此努力至今。所以，我現在才會站在這裡。就這層意義來說，我想自己還沒有成為主角，也還沒有蛻變成特別的存在……我是……這麼認為的……」

她的話聲逐漸轉小，到了最後幾句，甚至已經讓人聽不清了。

「那個……我不曉得這樣的回答是否讓您滿意……」

會場安靜了下來。

不過，我看見了。

設計師微乎其微地露出了笑容。

在沒有任何顯而易見的徵候下，試鏡就這麼開始，就這麼落幕。

而時間的長河，也將我們沖向了尚未揭曉的結果。

第6章 夜晚的深水宛如大理石紋

在試鏡結束後，我們搭上了回程的電車。

在蘿茲和衣緒花之後出場的候選者，每個人都表現得極為悽慘。就算在我這個外行人看來，她們也明顯地受到動搖，失去了信心。這也代表兩人的台步就是這麼驚天動地吧。

倘若衣緒花走錯一步，也會變得和她們一樣。不對，惡魔說不定會將一切燃燒殆盡。但最後並沒有走到這一步。雖然還沒查清楚她的**心願**為何，但就我認為，她應該是憑藉著自己的意志壓抑了惡魔的活動。

就連那位愛操心又喋喋不休的清水先生，也只是短短地慰勞了一句：「做得好。」就此不再開口。我想，這應該是清水先生表達溫柔的方式吧？

因為目前還沒人知道結果為何。

在搭上電車之前，衣緒花一直沒有說話。不曉得該如何開口的我，也跟著閉口不語。不過，我還是窺探起坐在身旁的衣緒花，看著她的臉孔說道：

「……沒事吧？」

被我搭話後，衣緒花反倒露出了放心的神情。

「這個嘛……老實說，我稍微有點緊張呢。」

「哎，能順利結束真是太好了。」

「算順利嗎？」

衣緒花面露不安，朝我抬眼看來。

「算是吧。妳的台步走得很出色，也好好地回答了設計師的問題……我是這麼認為的啦。」

「可是，蘿茲她——」

「比起那個，妳沒噴火真是太好了。我當時可是擔心得要命呢。」

我打斷了衣緒花的話語。

她沒冒出火焰一事，讓我打從心底感到安心。光是惡魔沒讓衣緒花燃燒起來，就已經是再順利不過了。而且試鏡也正常地走完了流程，應該是沒有比這更好的結果才對。

「我也想說這個。我一直以為自己會在走到一半的時候噴火……身體卻突然變得輕鬆許多……」

衣緒花抵著纖細的下頷思索了起來。

「惡魔一直試圖想實現衣緒花的願望。說不定是妳想自行實現願望的強烈念頭，逼退了惡魔的影響呢。」

「難道說……」

「嗯，雖然還不知道為何是以火焰作為形式，但這顯然證明了與衣緒花的夢想有關。如果這樣的猜測為真，要驅散惡魔就只是時間上的問題了。」

「是……這樣嗎？」

「但既然如此，那我打從一開始就沒有存在的必要了。我一直覺得當個驅魔師是個很奇怪的事。真是的，佐伊姊為什麼要……」

「有葉同學！」

衣緒花突然大喊一聲，讓我為之驚愕。她自己似乎也嚇了一跳，連忙擠出聲音說道：

「那個……有葉同學你……」

「衣緒花？」

電車駛過軌道的震動聲響逐次傳來。

過了不久，她這才回過神來，以有些尷尬的神情換了個話題：

「呃……下週會公布甄選的成果。如果你剛才的推論是正確的，在公布的那一瞬間，應該就是最為危險的時候吧？」

「哦，的確是這麼回事……」

我思考了起來。目前還沒釐清她真正的心願為何。要是出現了衣緒花與夢想漸行漸遠的狀況，惡魔的力量也可能與之遽增。

「所以說，在公布結果的時候，我希望你也能在場。」

「我知道了，我也覺得這樣比較好。」

在認同她說法的同時，我的內心也閃過了近似預感的感覺。

這說不定會是——

我身為驅魔師的最後一項工作。

■

那一天很快就來臨了。

為防萬一，我們選在河邊的廣場碰面。不過，心神不寧的衣緒花一副待不住的樣子，開始在廣場周遭踱步。我跟著她走了一會兒後，便一同來到了一座大橋。

我們將身子靠在欄杆上，仰望著天空。在這白晝逐漸變短的時期，太陽早已沒入了地平線。周遭沒有其他人，就只有閃爍的群星守望著我們。

星型髮飾反射著路燈，映出了橘色的光芒，簡直像是真正的星星一般。

「我想，應該很快就要公布結果了……」

她像是耐不住沉默似的這麼說道。

甄選結果會先通知經紀人清水先生，而清水先生則是預計在這個時間點打給衣緒花。在得知這件事後，我們便約在這裡見面。

衣緒花的身子僵硬，呼吸也顯得急促。這也是理所當然的，她迄今的努力和今後的人生，都會受到這通電話的左右。

而我則是在一旁見證這重大的分歧點。

「啊！」

衣緒花突然大叫了一聲，讓我嚇得身子一抖。

「什麼？怎麼回事？」

「我……說不定要噴火了……」

「咦？」

我連忙拉住她的手掌。

但傳遞過來的，就只有冰冰涼涼的觸感而已。

「體溫似乎是沒有上升……」

我環顧周遭，也沒看到蜥蜴的身影。難道是躲在陰暗處嗎？

我打算將手放開，但我就算放鬆了力道，她手掌的觸感也依然沒有消失。

「衣緒花……？」

「我撒謊了。」

「別耍我啦！」

「不過，你真的很擔心我呢。」

「那還用說？都到了這一步，我是不會臨陣脫逃的。」

她繼續握著我的手，閉上眼睛露出了微笑。

「要是聽到的結果讓我燃燒起來……我就要拖你一起上路。」

「別講這種恐怖的話啦……」

我雖然試著開玩笑。

但我也察覺到她的手正在發抖。

「我是妳的驅魔師。倘若發生那種事，就是沒成功驅魔的我該負的責任啦。」

「有葉同學，我……」

就在衣緒花有話想說的這一瞬間——

我聽到了「嗡嗡嗡」的聲響。

那是從衣緒花的小包包裡傳來的。她用力放開了我的手，連忙取出了手機，螢幕的光芒隨即在她的臉龐上映出了反光。

「是清水先生打來的。」

我看得出她的臉龐已是血色全失。

肯定是試鏡的結果出爐了吧。

「放心，我就在妳身邊。」

我這麼開口後，她便點了點頭。

衣緒花站起身子，接起了電話。她撩起頭髮輕晃頭部，將礙事的長髮撥開，讓手機貼上了耳朵。

「是，我是伊藤。是……真的嗎？」

我雖然聽得到衣緒花的回應，卻無法窺知對話的內容。

她開口的次數逐漸減少，最後幾乎是默不作聲。

我像是硬吞了顆冰塊似的，只能苦哈哈地凝視著她的反應。

過了不久，衣緒花結束了通話。她握著手機的那隻手，也隨之無力地向下一垂。

朝我看來的她，雙眼並沒有對焦。

她的喉嚨發出了「咻」的氣音。

衣緒花的雙眼游移，雙手發抖。

我擔心她會就此倒下，又或者是噴出火焰，於是便伸出雙手，擺出了隨時都能接住她的姿勢。

「那個，我……」

難道還是失敗了嗎？

我想，那也是無可厚非的結果。

代表蘿茲的台步就是如此驚為天人。

「衣緒花，冷靜一點。這也是沒辦法的事，一定還有下一次機會……」

「有葉同學！我！」

衣緒花猛力抬起了頭。

她將臉湊到我面前，幾乎能感受到她的吐息。

她的雙眼如星星般蓬篳生輝。

「我成功了！敘話的開場模特兒！決定是我了！」

她用力閉上雙眼，甩動著雙臂蹦跳起來。

「時裝秀模特兒！我當上時裝秀模特兒了！是敘話的開場模特兒喔！」

衣緒花蹦蹦跳跳，不斷重複著相同的話語。

「恭、恭喜妳……」

不知為何，我講得有些言不由衷。

我不明白此時內心的情緒為何。

衣緒花獲勝了，這是不折不扣的事實。既然如此，我就該坦率地感到開心不是嗎？

而在我搞清楚內心的情緒之前，衣緒花便朝我衝撞上來。

「嗚哇！」

「都是託了有葉同學的福！」

她在喊話的同時抱住了我，轉起了自己的身子。受到她的重量牽引，我也跟著旋轉了起來。

她的星型髮飾反射著路燈的光芒，顯得閃耀無比。

我們握著彼此的手，就像是恆星和行星一般，在原地轉個不停。

「不，我什麼都沒……」

「有帶來好結果就行了！因為結果就是一切呀！」

她的臉龐變得紅潤，而我則是被她的質量甩著走，光是不讓自己跌倒就用盡了全力。

轉著轉著，我的內心也浮現出「這樣其實也不壞」的想法。

我雖然完全沒派上用場，但她還是親手獲得了自己想要的東西。

說不定惡魔也會就此遭到驅散。

我對此報以期待。

沒什麼大不了的。到頭來，我打從一開始就是個無關緊要的角色。

因為她靠著自己的力量實現了夢想。

驅魔師和惡魔附身者。

我和她就只是這樣的關係罷了。

但在此時此刻，我希望自己能接下她的這份欣喜。

我將手臂環過了她的身子。

然而——

這卻是個錯誤的舉動。

下一瞬間。

燒灼著我雙眼的——

是一陣白色的閃光。

視野變得一片白。思緒跟不上現狀。

衣緒花也護著雙眼，在淺淺睜開眼皮的同時環顧四周。

我隨即察覺到了。

不遠處有個人影。

對方的身材高挑，穿著寬鬆的黑色連帽上衣，將帽子戴了起來。由於戴了黑色口罩，所以看不清長相。

那傢伙比惡魔更會挑時機，選在最糟糕的時候現身了。

「衣緒花的……跟蹤狂……？」

「有葉同學！」

她躲到了我的身後。

我打直手臂，護住了衣緒花。

不會錯的。

我們剛才被拍到了。

我拚了命地思考了起來。

這是原本就有可能發生的情境。為了保護衣緒花，有什麼事情是我該做的？

但我所有模擬過的行動，都被出乎意料的嗓音打碎了。

「沒錯沒錯——就是跟蹤狂喲！」

那是過於輕浮，又帶了點沙啞的聲音。

由於太有個性，就是想聽錯也難。

「怎麼會，妳難道是……」

「你們這樣可不行呀，居然在夜裡卿卿我我。就是因為你們輕忽大意的關係，才會被我拍個正著呢——」

說著，黑色的人影將手機秀給了我們看。

上頭確實拍攝了我和衣緒花……「湊近」在一起的光景。

「哎，我也不用再遮遮掩掩了。」

黑影收起手機，摘下了帽子，拉開口罩。

「正確答案是——大家最喜歡的天才國中生，蘿茲妹妹啦！」

她捲翹的金色頭髮彷彿要糾纏著周遭的一切，而雙眼則是綻放著昏暗的光芒。

「蘿茲！是妳……是妳一直在跟蹤我嗎？」

衣緒花這麼吶喊，而蘿茲則是絲毫沒有顯露出罪惡感，甚至一副由衷感到愉快的模樣揮了揮手。

「沒錯喔。在經過一番嘗試後，我發現只要在天色昏暗的時候穿上一身黑，就很難被看見呢。畢竟我一直在跟蹤妳，妳卻從來沒發現過呢。」

我知道自己用力咬住了牙齒。她不是在虛張聲勢，而是真的一直尾隨在我們的身後。

「話又說回來，妳那種『哇——就連跟蹤狂都喜歡我耶——好可怕喔——』的想法也太自以為是了吧？妳到底是對自己多有自信？才不會有人對衣緒花這種量產型感興趣呢。」

「妳為什麼要做這種事！」

「嗄？你說什麼？這有什麼好問的？」

在夜色之中，蘿茲揮動手中的手機，劃出了一道弧光。

「有錯該罰不是天經地義嗎？欸——這時候該怎麼說才好？啊，我想起來了！……妳真是活該！」

惡意宛如潑了我滿身的汙泥，讓我險些站不住腳步。然而，我說什麼都不能在這裡退縮。因為衣緒花就在我身後。

「蘿茲一直很討厭衣緒花，因為衣緒花根本沒什麼氣場可言呀。但偏偏好的工作都會落到衣緒花頭上，就連敘話的廣告看板，原本都是指定要衣緒花上場呢。蘿茲老是撿別人不要的工作來做，當然會感到不爽呀！」

「我……」

傳來了衣服被人用力揪緊的觸感。

「蘿茲一直沒辦法接受。妳不過就是個擅長巴結別人的量產型，為什麼蘿茲每次都會輸給妳？這也太卑鄙了，用實力和我分個高下呀！」

「所以妳才會跟蹤我們？」

「沒錯。既然衣緒花用了卑鄙的手段，蘿茲也打算在其他地方和妳對決。只不過，我真——沒想到會在這個時間點，拍到這——麼好的照片呢。我把照片拍得非常好，所以會傳給大家觀看的喔。蘿茲在ＩＧ上有很多朋友喔？就讓我來幫大家揭發衣緒花的真面目吧？」

她露出牙齒笑著，提出了不得了的要求：

「不喜歡的話，就把開場模特兒讓給蘿茲呀。」

「妳不覺得這樣做很奇怪嗎！」

「因為蘿茲比較有才能呀！但最後居然挑上了衣緒花，這樣的結果才奇怪吧！」

「才沒有……」

我把話說到一半，後續的話語卻像是變成石頭一般，哽住了我的喉頭。

為什麼？

為什麼我沒辦法反駁？

為什麼我說不出「衣緒花更有才能」？

這是我現在最該說的話。

為什麼？

可憎的是，蘿茲敏感地察覺到了我的反應，露出了一抹賊笑。

「看——吧，果然呢。就連男友都覺得蘿茲比較有才能呢——說起來，你怎麼一副拚命三郎的模樣呀？是因為和模特兒攀上了交情，就讓你得意忘形了？因為穿了西裝來到會場，就以為自己是個經紀人了？很常見呢，這就是那種打著歪腦筋前來裝熟的傢伙。不過你很沒眼光呢，要找模特兒當女朋友，就該和蘿茲交往呀。」

「誰想和國中生交往啊……」

「哦──你看了這個還能堅持己見嗎？」

蘿茲稍稍彎下腰，將手伸向鬆垮垮的連帽上衣，把領口向下一拉。

我一點也不想看──明明是這樣想的，目光卻不自覺地被吸引了過去。

我確實看見了以豐滿雙胸擠出的深邃乳溝。

「喏，看了就知道了吧？蘿茲已經是大人嘍。比起衣緒花，蘿茲知道更多更──多好玩的事喔？」

我雖然別開目光，但為時已晚。那幅光景已經深深烙印在我的眼底了。

「啊，臉變紅了。真──可愛！果然還是選蘿茲比較好吧？大家都是這樣的喔？」

蘿茲伸出了修長得驚人的手指，眼看就要觸碰我的那一瞬間──

「……別碰他。」

平靜而清晰的說話聲，很快就轉為了尖叫。

「不准妳……碰有葉同學！」

我循著聲響回頭看去，而映入我眼裡的──

是一大團的火焰。

她毫無徵兆地燃燒了起來。

這不可能。不對，**蜥蜴沒有捎來徵兆**？是我漏看了嗎？不，就算是在黑暗之中，牠出現的時候總是能被我看得一清二楚。然而——

「衣緒花，不行！」

不管怎麼看，現在都不是觀察的時候了。得阻止她——不對，得撲滅火勢才行。

「好燙！這、這是怎麼回事？為什麼會燒起來呀？」

蘿茲用長長的手臂保護著自己，向後退去。

衣緒花卻不打算放跑她。

「呀啊？」

衣緒花朝著蘿茲撲了過去。

在千鈞一髮之際，我滑進了兩人之間，接住了衣緒花的身體。

「好、好燙……嗚哇！」

而就在一瞬間，火焰便膨脹到無法撲滅的程度。熱流灼燒著肌膚，火光在周遭閃爍。

我被彈飛出去，一屁股坐倒在地。

「冷靜一點！」

她沒有回話，而是從嘴角迸出了火焰，還發出了一聲低吟。

不行，她已經處於無法溝通的狀態了。

我環顧四周，只見蘿茲頹坐在地。要是再不想辦法處理，就會被其他人發現了。在黑暗之中，火光格外顯眼。而一旦被人發現，後續的問題將會比剛才那張兩人相片還要嚴重。

我驀地回想起衣緒花的話語。

和她一起在河邊跑步的日子。

逐夢的每一天。

——要是真的出了什麼意外，只要往河裡跳就行了。

「衣緒花，抱歉！」

我朝她衝撞了過去。

腦海裡閃過了被她拋飛出去的那段光景。

我抓著欄杆，讓身子一翻。

我倆就這麼墜入了河川。

強風拂過的感覺充斥了全身上下。

我緊抱著衣緒花，讓我的身子保持在下方。

在經過像是永恆般的下墜之後——

堅硬的水面重重地砸到了我的身上。

寒意宛如重拳般襲來，與此同時，我倆一同沉入了昏暗的河川之中。

簡直就像是墜入了深沉的夜色一般。

即使如此，她依舊燃燒著。

搖曳的昏暗水面混入了衣緒花的火焰，形成了藍橘交錯的大理石紋。

寒意和熱意混成了一團，在達到沸騰的溫度之前便被水勢沖走。

過不多時，我感受到火焰逐漸減弱。

總覺得所有的聲音聽起來都變得好遙遠。

在一切聲音都變得渾濁不清的水中……

唯一還讓我清晰地感受到的，就只有懷中的她的感觸。

第7章 垃圾、浴巾、床鋪

「嗚……咳、咳咳！」

「衣緒花！太好了……」

在我將她拉回橋下，並過了一段時間後，衣緒花在一陣咳嗽聲中恢復了意識。

「……啊，有葉同學！對不起……我、我！」

「沒事，放心，沒事的。」

老實說，我應該說些更貼心的話語才對，現在的我卻什麼也想不到。

腦袋裡依舊一片渾沌，但我強忍著不適，輕輕拍著抽泣的衣緒花的背部。

在她終於恢復冷靜後，我開口道歉道：

「抱歉，我太魯莽了。我那時只想得到這種手段。」

「不對，是我……喚出了惡魔……」

衣緒花像是在抱住自己似的，用手臂環住了肩膀。

那無疑是至今最為巨大的一道火焰。惡魔以快得讓人訝異的速度，讓她熊熊燃燒了起來。雖說橋上沒什麼易燃物，但要是持續延燒下去，難保不會釀成火災。要是繼續讓她待在橋上，遲早會被其他人目擊，並叫來消防車吧。蘿茲雖然被嚇得無暇拍照，但只要有人群聚集，就很有可能會有人拍下照片，並將之散播出去。

所以我才會跳入河川。

在往下跳之前，我其實不曉得逆卷河有多深。我也做好了可能會撞到河底身受重傷的覺悟。然而，只要能由我一個人承擔，就算不了什麼。

就結果來說，我之所以能平安無事，不過是單純的走運。

「妳沒受傷吧？」

「我想……應該沒事。」

衣緒花打量著自己的身體這麼回應，讓我安心地按住了胸口。

「太好了……」

總之，她似乎沒有再次噴出火焰的跡象。

「啊！」

她像是察覺到了什麼似的，伸手觸摸起頭髮。

「怎麼了？」

「髮夾……！」

衣緒花這麼說著，開始環顧四周。而我也很快明白了她的用意。

因為她總是不離身的星型髮飾，此時變得不見蹤影。

「我也一起找！」

我朝四周看去。不僅天色昏暗，能見度也低，是以一時片刻根本找不到。我再次走入河裡，但此時的河水是一片漆黑，別說河底了，就連泡進水裡的手掌也看不見。我還是頭一次知道，就算身體已經呈現濕淋淋的狀態，也還是能感受到河水有多冰涼。

「有葉同學，不用再找了。」

「可是，那對妳來說是很重要的物品吧！」

「……這也是沒辦法的事。話說回來……」

說著，衣緒花看了自己的身體一眼。我雖然也循著她的視線看去，但總覺得看到了不該看的東西，連忙又將目光挪開。

我們現在的模樣相當難堪，不只是淋了一身濕而已，全身上下還沾滿了爛泥般的髒汙。若要說不幸中的大幸，大概是我們兩個的手機都是防水機型吧。

「怎麼了？」

「那個……我家離這裡很近。」

「呃……」

要是用這副模樣走在街上，肯定會嚇到路人吧。說不定還會有人為此報警。她的住所確實是個理想的去處。

「不過，我希望你能和我一言為定。」

「什麼一言為定……」

「**請你什麼話都別說**。」

我雖然偏頭不解，但她在起身後便立即邁步，我只得跟了上去。

如果是**什麼都別做**，我倒還能理解。以衣緒花的立場來說，讓異性進入自己的房間，本來就是該提高警覺的。

然而，**什麼都別說**是怎麼回事？

濕漉漉的衣物包覆著我的身體，也讓頭腦的思考變得遲鈍。

思緒隨著啪噠啪噠的水珠一同垂落，再也沒有回來過。

■

「就是這裡。」

我跟著衣緒花走了大約五分鐘後，來到了相當氣派的電梯大樓。這裡的入口處建設得和旅館的大廳差不多。衣緒花熟門熟路地取出了鑰匙，打開了自動鎖。

雖說狀況如此，但我還是非常緊張。身體之所以頻頻顫抖，並不是因為受寒的關係。畢竟我打娘胎以來，還是頭一次前往女生的住處。而且還是衣緒花的家啊。

不對，等等，現在是緊急狀況。我不該做多餘的事，在玄關處借條毛巾後，就該乖乖返家了。畢竟她交代過要我不得出聲，而且也已經是深夜時間了。

大樓設有兩座並排的電梯，在搭上其中一座後，衣緒花按下了十樓的按鈕。

四方形的箱子緩緩加速，讓我感受到自己的重量。

衣緒花的表情像是下定了某種決心，一路凝視著顯示樓層的面板。水珠循著固定的節奏從她的髮梢滾落。

當橘色的光芒告知我們抵達十樓後，我們便在安靜的樓層裡走動。衣緒花在１０１１號房的前方停下腳步，轉動鑰匙開了門。

「……請進。」

「打、打擾了。」

在踏入屋內後，感應式的燈具便立即照亮了玄關。

「喔、喔喔……」

而攤在我面前的光景，讓我不禁發出了聲音。

那與將時裝秀視為目標的少女相當匹配，是由精挑細選的洗鍊家具構成的時尚空間——**完全相反的光景**。

出現在我面前的，是綁住袋口的巨大白色塑膠袋。就某方面來說，這是我相當眼熟的物體。也就是垃圾袋。

看似用來連結客廳和玄關的走道上，堆滿了大量的這類玩意兒。

就在我即將開口之際，衣緒花用眼神制止了我。

「抱、抱歉，我什麼都不說。」

「請在這裡等著。」

她脫掉了鞋子，小跑步地走入家中。她發出了濕答答的腳步聲，匆匆忙忙地東翻西找，而我則是呆站在原地眺望著這一幕。

過不多時，返回玄關的她打開了與走廊相連的一扇門，用手指向該處。

「總之，請先去洗個澡吧。」

「咦……」

我忍不住應了一聲。

「請放心，我把浴室打掃得很乾淨。我原本就打算在回家後泡個澡，所以已經用定時器加熱過了。」

「我、我不是要說那個！」

「總不能一直濕淋淋的吧？我之後也會進去的。」

「嗯。不對，咦？」

「真是下流。我的意思是，等你洗完之後我才會洗。」

「我就說不是這個問題了……」

「夠了，你就照我的話做啦！喏，把鞋子脫掉！我等下會把走廊擦乾淨的！」

我雖然有很多話想說，但已經沒了爭論的力氣，只得乖乖聽話。我好不容易才把濕透的鞋子脫掉，踩著濕答答的襪子踏上走廊。

也不曉得衣緒花是等得不耐煩了，還是不想讓我採取多餘的行動，只見她推著我的背部，在把我按進脫衣間後便關上了門。在霧面玻璃的另一側，隱約有暖色系的燈光透了進來。

真的要洗嗎……我邊想邊脫掉了上身的衣物。就在我想著「該怎麼處理這件濕掉的衣服」時，衣緒花驀地打開了門探出臉蛋。

「怎、怎麼了？」

「啊……」

「妳別挪開目光啦，這樣反而讓我很不好意思。我在換穿西裝的時候，妳不是表現得很自然嗎？」

持續將視線瞥開的衣緒花，把兩手向前一伸。

「總覺得在家裡的狀況不太一樣……總、總之，浴巾收在那邊的櫃子裡，衣服就先穿這件吧。雖然是……我的衣服。」

「嗯……」

「請把脫掉的衣服放進洗衣機裡。我之後會洗。」

說完，她又「啪」地關上了門。

啪噠啪噠的跑步聲和窸窸窣窣的翻找聲從遠處傳來，讓我的內心七上八下。突然有客人上門，肯定是需要整理一番的吧。總之，事已至此，我也別無選擇了。最後我死了心，乖乖進了浴室。

由於頭髮沾到不少髒東西，我在稍加猶豫之後，還是借用了洗髮精，並用沐浴乳清潔身體。

在洗完澡後，我的全身上下都變成了衣緒花的味道。

我泡進浴缸，發出了「呼」的一聲。

惡魔與火焰，衣緒花的心願，蘿茲與照片，時裝秀的走向。

明明該思考的東西堆積如山，但感覺這一切都與蒸氣交溶，被吸入了換氣機的深處。

總而言之，這下就明白衣緒花不想讓我接近住處的理由了。我也明白她不是選在家裡，而是在學校屋頂練習走台步的理由。

不對，該仔細思考的事情並非這一項。

而是衣緒花和惡魔的事。

火焰能實現她的心願。

換句話說，只要噴出火焰，就能讓惡魔更接近目標。

惡魔——不對，衣緒花對著試圖妨礙她出場時裝秀的蘿茲，展露了極為明顯的敵意。

衣緒花本人沒能察覺——不對，是不想承認的心願。

我離那個答案愈來愈近了。

她的心願是——

「有葉同學。」

「嗚哇！」

突然被人搭話，讓我的思考強行遭到了中斷。

在霧面玻璃的另一側，可以看到模糊的人影。

「你還好吧？那個……總覺得你幾乎沒發出聲音。」

「嗯。我沒有泡昏頭啦……」

「這樣啊。那就好。」

我豎耳傾聽了一會兒，在確認她離開脫衣間後，便離開了浴室。

我用浴巾擦拭著暖烘烘的身子，觀察起四周。如果仔細翻找，應該能找到吹風機才對，但我再怎麼說也不敢在她家翻箱倒櫃，最後決定還是用浴巾擦拭頭髮。畢竟我的頭髮並不算長，擦一擦總是會乾的。

她遞給我的衣服是夏裝。上衣是件寬鬆的T恤，下身則是一條熱褲。極短的熱褲幾乎將整條腿都露了出來，讓我說不出話來。而底下還有一條四角內褲，讓我看得整個人僵在原地。理所當然地，這條四角內褲是女用的款式。呃，我的內褲確實是濕透了，而且既然都泡過了澡，要再穿回那條髒內褲就顯得有些不妥，但這個……

我在做好覺悟後，換上了這套衣物。我窺探了客廳的狀況，但沒有任何聲響。我打消了直接開門的念頭，敲了敲客廳的門。

衣緒花很快就探出頭，以一副嚴肅的面容邀我入內。

此時的她已經換上了家居服，頭上則是包覆著浴巾，應該是已經將身子大致擦乾過一次了吧。衣緒花和我幾乎是做著完全相同的打扮（想想也是理所當然的事），但是過大的T恤並不合身，讓她露出了其中一側的纖細肩膀。展露出來的大腿至腳尖的部分實在是過於耀眼，讓我不得不有意識地抬高自己的視線。

「那個……雖然有點亂，但床鋪上沒什麼雜物，請坐。」

衣緒花似乎沒有多餘的心力去察覺我不自然的視線，以一副過意不去的神情這麼催促道。客廳的慘狀和走廊差不多，到處都堆積著大型的垃圾袋。儘管如此，她似乎還是努力打掃了一番，讓床鋪周遭清出了些許空間。

「有意見嗎？」

「不敢……」

我雖然有很多話想說，但全都吞回肚子裡了。

「……換我去洗澡了。」

我點了點頭，遵照她的指示坐在床上。

只不過，一想到衣緒花總是在這裡睡覺，就讓我沒辦法平心靜氣。在遠處傳來淋浴聲的同時，沒事可做的我只得環顧周遭。

室內亂到了極致，各處都能看見層層堆疊的垃圾袋。透過透明的袋體，隱約看到裡面裝的都是些塑膠類的製品──大概是在超商買的食物包裝吧?房間的角落可以看見標上數字的藍色紙箱堆疊在一起。如果從搬進來之後就未曾拆封,就有超過一年沒有動過了。

我窺探了一下廚房,發現都被馬克杯和一些待洗物品占領了。由於火爐一帶格外乾淨,平常應該是沒有在下廚的樣子。光是沒有聞到腐臭或是異味,就已經是不幸中的大幸了。

在稍微等了一會兒後,我突然有點想上廁所。

但我終究沒膽子向正在洗澡的衣緒花提出這樣的要求。

在來到走廊後,我打開一扇先前從未開過的門,看了裡面一眼……然後就看了個徹底。

房間裡面塞滿了衣物。

這間房間和其他的生活空間有著天壤之別。大多數的服飾都井井有條地收納在透明的衣物箱裡,掛在幾座吊衣架上頭的衣服也整齊得像是服飾店的商品一般。鞋子的數量多到我前所未見,而這些鞋子也成雙成對地置放在櫃子裡。

啊,原來如此──我這下明白了。

這個住處就像是犧牲了一切的生活品質,只將精力灌注在服飾上頭──儼然就是她的寫照。

這裡無疑就是衣緒花的住處。

既然如此,我也有了能做的事。

我調轉腳步,下定決心,拾起垃圾袋。

「讓你久等了……咦？」

隔了一陣子走出浴室的衣緒花，在環顧房間後愣愣地張大了嘴。

「抱歉，我擅自整理了一下。」

「有葉同學，你為什麼……」

「沒事的。妳原本就已經把垃圾打包好了，我只是拿去扔掉，然後收拾了一些待洗物品罷了。我沒把重要的東西丟掉喔，鑰匙則是借用了放在玄關的那把。」

「我、我要問的不是那個……」

垃圾袋裡裝的大都是塑膠一類的輕盈物品。而電梯大樓的垃圾處理場是二十四小時開放，這點只能說是我走運。待洗物品則是些餐具和馬克杯，由於她沒有下廚的習慣，所以也沒產生什麼廚餘，實際洗滌的感覺比第一印象輕鬆多了。

「我有守住不開口的約定，只是幫妳做了打掃，妳這下也沒話說了吧？」

「有葉同學，想不到你還挺壞心眼的。」

衣緒花像是在鬧脾氣似的嘟起了嘴巴。看到她的反應，我不禁露出了笑容。

「我比較希望妳能說這是體貼的表現呢。」

「……也是呢。是我失言了，謝謝你。」

她以一副消沉的模樣向我低頭致謝。

「我問一下，妳家有吸塵器嗎？」

「呃……應該有吧……」

「妳這麼不常用啊……」

衣緒花挖出來的吸塵器看起來還能用，我便將積累在垃圾袋底下的灰塵掃除了一番。

在歷經這些掃除後，這裡總算像個能住人的空間了。

衣緒花咬緊了下唇，默不作聲地在旁觀看。

我把吸塵器收拾好後，終究還是有點累了。我吁了一口氣，在床沿坐了下來。

「我也是一個人住，所以我知道有多辛苦。」

「嗚……」

衣緒花發出了悶哼聲。大概是感到很害羞吧，她整張臉都變得通紅。

而我自己也很清楚，我之所以會願意花費心力為她打掃，並不是出於單純的體貼之心。

「……抱歉，弄丟了妳的髮飾。」

「你原來這麼在乎呀？」

坐在床上的她，臉上接連顯露出驚訝和傻眼的神情，隨即彎起了嘴角。

「有葉同學，你坐過來。」

衣緒花這麼說著，拍了拍自己身旁的空位。我也依照她的吩咐，腳步虛浮地坐到了她的身旁。

她直盯著我的雙眼，開口說道：

「請別露出這種表情，那不是有葉同學的錯，而是該怪冒出火焰的我。因為我是個壞孩子——是會被惡魔附身的人，所以都是我的錯。」

「不對，是我不好。我如果能更早驅散妳身上的惡魔，就不會弄丟髮飾……也不會被人拍到和妳在一起的樣子了……」

驀地，我擱在膝蓋上的手感受到了一股溫度，讓我打住了話語。

衣緒花的掌心交疊在我的手上。

她將目光落在雙手交疊的位置，看似寂寞地笑了笑。

「沒關係。對我來說，這說不定是一種命中注定呢。」

「什麼意思？」

衣緒花垂低了眼眸，開始娓娓道來。

我原本住在秋田，原本是個隨處可見的普通女孩……至少我是這麼認為的。我老是沒什麼自信，是個只會聽從親人指示的小孩。別說是追逐流行了，我連一件好看的衣服都沒有，在不知不覺間，我只能從留長的瀏海縫隙窺探著世界。

爸媽都只對我考卷上的成績有興趣。對他們來說，無論是梳妝打扮還是添購衣物，似乎都是一件壞事。考出好成績被他們當成理所當然，一旦考差了就會被痛罵一頓。對我來說，吃東西成了能排解壓力的唯一方法。

但在上了國中後，我的周遭多了許多喜歡打扮的女生，而她們總是散發著閃閃發亮的氛圍……只不過，我一直以為那是和我無緣的嗜好。

在這段期間，我和家人去了東京旅行，並偶然地經過了還只是一家小型店鋪的敘話。我雖然沒辦法好好形容那份心情，但當下……即便是一無所知的我，也感受到了這家店鋪有著獨一無二的氣質。但我怕要是買了衣服會在事後遭到家人責備，所以只悄悄地買了一個髮夾。

也就是我平時配戴的星型髮夾。

當時的我什麼都不曉得，就算到了今天，我依舊不明白那個髮夾蘊含著什麼樣的故事。但那閃閃發亮的造型，成了我最為珍貴的寶物。

結束旅行的隔天，我在走出家門後，偷偷地將髮夾別了起來，這才前往學校。而在抵達教室之後，有個朋友對我稱讚了一番。

她說：「妳簡直就像個模特兒似的。」

我想，那應該只是尋常的客套話吧。但在當下，我確實受到了極大的震撼，彷彿連眼裡的世界都變了。

於是我信以為真，鼓起自信，得意忘形……真的偷偷報名了模特兒的試鏡活動。

到場之後，我才發現來應徵的女孩子，全都比我們班上最會打扮的女生更為時尚個一百倍。

我根本就顯得格格不入，簡直就像是混雜在閃亮群星之中的一顆石子。

我還記得我沒通過那天的試鏡，就這麼回到了家裡。

就算到了現在，我也很難將當時的心情化為言語。不甘、難過、自卑、嫉妒——也許全部都包含在內了吧。

只不過，就只有一種心情是歷久彌新的。

我想贏。

從那天起，我便開始改造自己的形象。

更改用餐的習慣、開始運動、開始上柔道課，還有就是開始光顧服飾店、書店和圖書館——和現在倒是沒什麼差異呢。

想當然爾，我的成績變差了。爸爸媽媽都為此大發雷霆，還說我變成不良少女。很好笑吧？我明明一件壞事都沒有做過呀。

即便如此，我也對逐漸有了變化的自己感到開心，隨著變化的幅度漸增，喜歡自己的心情也油然而生。我渾然忘我地投入在這件事裡。

過了一年，我再次挑戰試鏡活動。

當時的我已經不再是個石子了。

我獲得了足以過關斬將的身體和心靈。

通過了試鏡的我，開始以模特兒的身分活動。但在鄉下能接到的工作，實在是少之又少。我也得知這世上有許多人是在父母的期望下，從出生起就開始以模特兒作為目標。我踏上起跑線的時間，實在是晚過頭了。

在這個時候，我已經設立了自己的目標。

倘若沒有買下星星髮夾，我就不會冒出**想成為某種樣貌**的想法。

為此，我總有一天要當上能為敘話效力的模特兒。

在那天到來之前，我是不會輸給任何人的。

我是這麼認為的。

在我表示要認真成為一名模特兒後，我的父母都氣炸了。為了說服他們，我認為升學是唯一的道路。所以我拚了命地用功，好不容易才考上逆卷高中。他們雖然至今依舊反對我當一名模特兒，但最終還是認命地讓我升學，也願意幫我出生活費。

在進入經紀公司後，我也拚了命地努力著。清水先生雖然愛操心，卻是一名精明能幹的經紀人。

在他們的協助之下，我得以接下拍攝敘話時裝手冊的工作。

當時的我覺得，自己的夢想實現了。

「在那之後，我得知敘話要參加全國女孩展演……而後來發生的事，有葉同學你也都知道了。」

我靜靜地聽著她的過往。

我真的是拚了老命，才勉強壓抑住險些潰堤而出的情緒。她究竟是抱持著什麼樣的心情，才會以敘話的時裝秀模特兒作為目標，在這之前的我是真的一無所知。

而透過這段談話，我也明白了那個星型髮飾對她來說有著什麼的意義。

「它對妳來說真的很重要呢。」

「別放在心上啦。我說過了，那只是和護身符一樣的東西，對我來說已經沒有必要了。」

「哪有這種事！」

「因為，我現在——」

衣緒花將身子轉了過來，擱在我手背上的手掌使勁一握。

隨即，她像是驀然回神似的別開了目光，然後輕啟唇瓣說道：

「——有有葉同學陪伴我呀。」

我一直在想，我能夠幫上她什麼忙。

到頭來，我從頭到尾都沒能完成驅魔的工作。不僅如此，我還處處扯她後腿。我根本就是一顆害她絆倒的小石子。

不過，如果——

我能成為她的護身符，說不定也不錯。

「……我也有點累了，我們來睡覺吧。」

衣緒花這麼說著，隨即「砰」地一聲倒在了床鋪上。

「我『們』……我也要睡這裡嗎？」

她稍稍抬起臉龐，凝視著我。

長長的頭髮披撒在被單上頭。

「你沒有選擇的權利。你忘了嗎，你的衣服還在洗呢。」

「啊！」

「要等到明天早上才會烘乾。你這身衣服是沒辦法穿到外面去的。」

「不不，妳還有其他的衣服吧？就算是女用衣物，應該也有更正式一點的……」

「不要，我不借。」

「衣緒花，妳為什麼──」

「我的意思是，我想要你陪在我身邊啦……」

她在床鋪上抱著膝蓋縮成了一團，還噘起了嘴巴。

「……不想孤單一人，難道是這麼不應該的願望嗎？」

她的這些動作，險些將我的心靈粉碎殆盡。有種像是有許許多多的情緒在體內亂竄，然後在身體各處磕磕絆絆的感覺。

「是沒那麼不應該啦，但我該怎麼睡啊？畢竟我……那個……」

「你想打算對我上下其手嗎？」

「沒那回事啦！」

「你難道沒想過，你有可能反過來被我上下其手嗎？」

「咦……」

「若是打算霸王硬上弓，我應該是比較有力氣的那一方喔。」

「那我屆時也會盡全力……」

「你會想抵抗嗎？」

「不……呃……」

看到我狼狽的模樣，衣緒花的雙眼瞇得像是新月一般。

「好啦，你就去做睡前的準備吧。我家有還沒開封過的牙刷。」

我放棄了一切抵抗，跟在起身前往盥洗處的衣緒花身後。在她朝臉上塗抹著乳霜一類的保養品的同時，我則是用她給的牙刷刷牙。一同映在鏡子裡面的景象，就像是穿越到了其他的世界似的，給我置身夢境的感覺。

衣緒花在終於做完睡前準備後，便爬上了床。

「那個……我要睡哪裡？」

「當然是睡這裡呀？」

說著，衣緒花「砰砰」地拍了拍自己的身旁。

「我睡地板吧。」

「會硬到你睡不著的喔。你以為我家會準備多餘的寢具嗎？」

我閉口不答。這裡連沙發都沒有，想必也不會有那種東西。我剛剛才把房間整理過一遍，就算不去翻找也明白這點。

「廢話少說，快點過來吧。喏。」

「嗚……」

我猶豫了一下，但自己的確也是精疲力盡了。

疲勞的感覺壓過了理智。

我默默地鑽到了她的身旁。

床鋪已經被衣緒花的體溫烘得暖呼呼的。

狹窄的床鋪在我躺上後便頓時被填滿。她那張垂下眼簾的臉龐，近在咫尺。

衣緒花將手伸向枕邊，按了按燈具的遙控器，隨著「嗶」的電子音響起，室內的燈光也隨之熄滅。

「……那麼，晚安。」

她翻了個身，將背部對著我。

我雖然維持了躺臥的姿勢好一陣子。

但我根本不可能睡著。

我甚至不敢翻身，只能僵硬地保持著直挺挺的姿勢。每當我做起呼吸，體內就會充斥著她的香味。

在過了像是永恆一般的漫長時間後，衣緒花細微的說話聲傳了過來。

「欸，你還醒著嗎？」

「嗯。」

聽到我的回應，她隨即窸窸窣窣地將身子轉了過來。

「那個……」

「怎麼了嗎？」

「不，該怎麼說……」

「妳很擔心照片的事吧。明天得想辦法說服蘿茲……」

「我不是要說這個。不對，這固然也是很重要……」

在猶豫了一會兒後，衣緒花像是下定決心似的切入主題：

「有葉同學，你為什麼願意一直陪著我？」

我不太能理解這個問題的意義。

「因為我……又是噴火，又是弄得一身濕，而且家裡還亂成這副德性……對於這種被惡魔附身的女人，不是應該劃清界線比較好嗎？」

「這——」

腦海裡閃過了各式各樣的答案。

如流水般絲滑的長髮近在眼前。

只要我伸出手，就能觸碰到衣緒花的一切。

對於自己的體內有著如此充沛的慾望，我只覺得吃驚不已。這股情緒彷彿隨時都要炸裂開來，其強烈的壓力幾乎要使體表迸出裂痕。

和她的距離愈是靠近，就讓我更想再接近一步，也想再多瞭解她一點。我受到了難以抗拒的力量拉扯，朝著她筆直下墜。簡直就像是墜落的隕石——又像是流星似的。

然而，正因為如此，我現在該選擇的答案就只有一個。

「——因為我是妳的驅魔師呀。」

「這樣呀……」

衣緒花在稍作猶豫後如此回答。

而我背對著這幅光景，無法直視這樣的她。

關於衣緒花的願望，我已經有了答案。

我如果真的把自己看成一名驅魔師，其實就該在這時揭露她的心願，並向她確認答案的真偽。

惡魔會代替宿主，為其實現未能察覺的心願。那是迫切無比，同時也無從實現的願望。根據佐伊姊的說法，那就是**青春**。而我和衣緒花，恐怕都是被這樣的用詞給蒙蔽了。

惡魔會協助實現的願望，絕對不是什麼美妙的心願。

而是自己心中最為汙穢、醜陋的慾望。

我卻不忍心對現在的衣緒花公布此事。

是不想再傷害她脆弱的心靈嗎？

這確實是真心話。

但有一半則是——沒錯，是為了我自己。

我知道總有一天得為她驅魔。

但只要結束驅魔的工作，我就不再是一名驅魔師了。

我會變回平凡無奇的路邊石子。

就只有這個瞬間，我想待在這個地方。這樣的想法充斥了我的心頭。

我將幾乎要破體而出的心情、慾望和心願，全都壓回了身體裡。

為防這些思緒不慎炸開，我小心翼翼地填補著體表的裂痕。

我就這麼僵著身子好一陣子，過了不久，背後傳來了一道柔軟的觸感。

我拚了命地壓抑住自己，才忍住了彈起身子的衝動。我緩緩轉過脖子進行確認，隨即看到了環抱著我，閉上眼睛發出鼾息的衣緒花。

同時，我也看到了被推到角落，疑似是平時在使用的一顆抱枕。

妳也太不把我當一回事了吧！——我雖然差點叫出聲來，但也明白這只是在遷怒而已。

我捫心自問。

我只是想待在這裡，沒有更進一步的奢求。
因為受到重力牽引、被拉向星星的小石頭，最終都會落得燃燒殆盡的下場。

■

「哇！」
在起床之後，我花了一點時間，才明白自己身在何處。
看到睡在身旁的衣緒花，我下意識地叫了出來。
她還在睡。光是看上一眼，就能明白她的睡相有多差。被子幾乎被她踢翻了，而下半身則是懸掛在床鋪外頭。
「嗯——嗯……」
也許是察覺到我醒了吧，衣緒花皺起眉頭，發出了不快的低吟。她隨即維持這張臉孔歪起脖子，薄薄地睜開眼皮。
「早骯，有葉同學……」
說著，她幾乎又要再次閉起雙眼。
「妳好像還很睏呢。」
「我沒事，我睡得很豪……」

「今天有工作要做嗎？」

「妹有……喔……」

她剛起床的糗樣，讓我差點笑出聲來。今天是星期天，所以不用去上學，既然不需要做模特兒的工作，便也沒必要起個大早。

「那就回去睡吧。」

「豪……」

她用棉花糖一般的軟綿綿語氣回應後，又「砰」的一聲將腦袋摔回床上。

也不曉得她是過於疲憊，還是起床的習慣原本就不好——我隱約覺得答案是後者。但她這樣還能每天起個大早去晨跑，足見她的自制力真的是強悍無比。

我前去取回自己的衣物，發現已經乾透了。在換上衣服後，我才有種在各種層面上變回自己的感覺。

我躡手躡腳地走向廚房，輕輕地打開冰箱。一如預期，裡面根本沒有像樣的食材。

「去買點東西吧。」

我拿著放在玄關的鑰匙，踏出家門。

在與平時不同的地方沐浴陽光，讓我有種變成了別人的錯覺。我用手機調閱地圖，發現不遠處有一間超市。我姑且打算去那裡逛逛，於是邁出了腳步。

雖說算不上是太早的時間，但在假日早晨的路上，幾乎看不見行人的身影。我想大家不是還在呼呼大睡，就是看著電視，計畫著一天的行程吧。

我想像著各種家庭的生活光景，正要沿著公園外圍的道路前行之際……

有個眼熟的人影正坐在鞦韆上頭，讓我停下了目光。

那強烈的存在感是不可能看錯的。

「咦……蘿茲？」

「嗚哇，是那個男友。」

蘿茲顯而易見地露出了厭惡的表情。

「我叫有葉啦。在原有葉。妳為什麼會在這裡……」

「我才想這麼說呢。你該不會是在衣緒花家住了一晚吧？你果然是她男友吧！」

我雖然提高了警覺，但蘿茲看起來相當消沉的樣子。這個女孩子是怎麼回事啊？

「照片！我要妳刪掉照片！要是妳敢傳給別人看，我就會和妳沒完沒了！」

在短短地發出「嗚」的一聲後，蘿茲別開了視線。

「關於照片的事，我被椎人痛罵了一頓……」

「那還用說？」

聽到這句話，我不禁愣了一拍。我回想起清水先生的長相——看來他已經即時處理完畢了。

「所以說，蘿茲是為了道歉過來的。椎人交代過，在蘿茲沒好好道歉之前不准回家。」

低頭嘶嘴的蘿茲看起來仍相當漂亮，打亂了我原本的計畫。這應該代表她有在反省吧？

「……要好好道歉啊。我會叫衣緒花過來的。」

「我才不要道歉！因為是衣緒花在耍小手段呀！蘿茲又沒錯！」

看來她一點也不打算反省。

「她是靠著努力拿下勝利，哪裡耍小手段了？」

「啊——討厭討厭，這是那種『少說我女人壞話』的橋段對吧？想不到真的有這種人存在，真是難以相信。這就是那個……對啦，『護短』對吧！反正男友只會和衣緒花站在同一陣線嘛。我受夠了，反正蘿茲就是沒有自己的夥伴嘛。反正蘿茲就是孤單一人嘛。老實說……老實說，被選上的應該是蘿茲才對。」

就在我準備反駁之際，沒辦法置之不理的話語傳入了耳裡。

「那是什麼意思？」

「蘿茲很清楚衣緒花被選上的理由喔？」

「是什麼理由？」

「因為衣緒花是個**人偶**呀。」

「……人偶？」

「留到最後一輪的是蘿茲和衣緒花，但照汰選上了衣緒花。他說，這是因為衣緒花是個**隨處可見的人偶**！」

蘿茲勢如破竹地說了下去：

「蘿茲以前也遇過這種事！說是因為我身高太高了，或是個性太強烈了，要不就是因為和別人格格不入的關係而被淘汰掉！太卑鄙了吧！蘿茲不管再怎麼努力，都沒辦法改變這些呀。蘿茲……蘿茲到底該怎麼辦？要怎麼做才對？」

我對模特兒的世界一無所知。

這種狀況說不定是家常便飯，也可能是理所當然的狀況，或者是只能概括承受的案例。

這是和**外貌**息息相關的工作。就算是電影演員，也是得符合劇中角色的形象才會受到聘用吧。這也是一樣的道理，為此生氣反而不合邏輯。

我當然也可以這麼反駁。

然而，儘管如此……

我卻很能明白蘿茲的心情，可以說是心領神會。

因為我所熟識的另一人，也是為了爭奪同樣的名額而努力至今的。

如果立場相反——

如果衣緒花因為相同的理由而沒能拿下這個名額。

我想必就沒辦法說這是「理所當然的結果」吧。

「蘿茲的台步一定能走得更好，一定能吸引大家的眼光。男友也看到了吧？衣緒花那種……衣緒花那種走法，就只是個會走路的穿衣假人罷了！」

我雖然想反駁，卻說不出話來。

理由顯而易見。

因為我的內心認同了她。

和衣緒花相比，蘿茲的步伐確實是更加驚為天人。

「蘿茲什麼壞事都沒做，只是要取回屬於自己的東西罷了。可是，為什麼蘿茲會被人痛罵一頓？這也太不公平了吧！為什麼呀？回答我呀！欸！」

蘿茲抓著我的雙肩，用力地前後搖晃。

我雖然被搖得暈頭轉向，卻仍出言駁斥道：

「就算是這樣，妳也不該拍攝相片，還打算散播出去……妳不該做這種會傷害別人的行為！」

「可是……可是……！」

「衣緒花也是拚了命地努力到今天，我在她身旁看得一清二楚。她經歷了一次次的練習，把思緒全用在服飾上頭。我不曉得甄選有沒有做到徹底的公平……就算如此，妳的做法依舊是錯的！」

隨著我這麼開口，她搖動我的力道也逐漸減弱。

「嗚哇啊啊啊啊啊啊啊啊啊啊啊啊啊！」

蘿茲大喊一聲，隨即哭了出來。

我這才回想起來——

她雖然個子比我高，長相非常成熟，又是個才華洋溢的模特兒。

但她其實還是個國中生啊。

我默默地輕撫著她的背部。

我不認為蘿茲做的事是對的。

那麼，衣緒花雀屏中選一事就是正確的嗎？

蘿茲的悲傷和憤怒，難道真的很不合理嗎？

結果就是一切——我想起了衣緒花的話語。

「剛才說的話……是真的嗎？」

就算真是如此……這也算得上是正確的結果嗎？

突然響起的說話聲，讓我和蘿茲轉頭看去。

我雖然希望是自己聽錯了，但視野背叛了我。

站在不遠處的人影正是衣緒花。

「衣緒花，妳怎麼……」

「我起床之後沒看到有葉同學，就出來找你了。重要的是，剛才的——」

「是真的喔。因為蘿茲從不說謊嘛。在試鏡結束後，我……呃……咄咄逼人地去找設計師問話了！」

全都被她聽見了嗎？

蘿茲用力掐住了我的袖子。

但我沒辦法揮開她的手。

衣緒花踩著大步走近，貼近到我的面前。

「有葉同學，你為什麼會和蘿茲在一起？你們在做什麼？」

「這……只是偶然碰見……」

「因為男友會聽蘿茲好好說話呀！他有安慰我，還摸了我的背！」

傳來了「啪」的一聲。原來是衣緒花氣勢洶洶地拍開了蘿茲抓住我的那隻手。

「好痛！妳幹什麼啦！」

「別靠近有葉同學。」

「她又不是衣緒花的男友！你們又沒交往！」

「妳為什麼會知道！」

「男友剛才自己承認的！」

「衣緒花！妳剛才……做得太過火了。」

我心中的疑念逐漸膨脹，也有了確切的把握。

她的心願。

關於這個謎題的解答。

儘管如此，我還是想對此視若無睹。

衣緒花尖銳的嗓音，這次朝我撲咬了過來。

「有葉同學，你沒有否定呢。所以說，你也認為我之所以能通過甄選，並不是因為我的實力嗎？」

「我當然沒那麼想啊。」

「你騙人。」

「我沒騙妳。」

她的語氣顫抖不已，彷彿隨時都會崩潰似的。

「……有葉同學，我其實是知道的。敘話的照片——你其實覺得蘿茲拍得更好看對吧？」

「我……」

「在試鏡的時候也一樣。有葉同學，你那時候說了『下次還有機會』對吧？這不就代表你認為蘿茲才會通過甄選嗎！」

「不對，我……」

我的話語被「轟」的聲響抹去。

強光灼燒雙眼，熱浪襲擊著身子。

「危險！」

危急之際，我挺身擋住了蘿茲。

但從衣緒花手裡噴出的火焰，將我轟飛了出去。

「嗚……」

我的身子撞上了鞦韆旁邊的護欄，摔倒在沙坑上。

沙粒的觸感塞了我滿嘴。

「怎麼回事？和那個時候一樣……這到底是什麼鬼？」

衣緒花朝著驚愕得坐倒在地的蘿茲走去。

她的身上依然纏繞著烈火。

「衣緒花，冷靜一點！有沒有什麼食物……！」

我翻找著口袋，但什麼也沒有。這也是當然的，我正是因為沒有食物，所以才會外出的。

「咿……好燙！救、救命啊！」

衣緒花用纏繞著火焰的手臂，掐住了蘿茲的脖子。

那是非人哉的力氣。

她只用一隻手，就將高挑的蘿茲抬離地面。

蘿茲的脖子發出了我從沒聽過的聲響。

「咿……嘰……」

「蘿茲，我一直看妳很不順眼。妳老是擺出一副只有自己最為特別的架子。不公平？請別逗我笑了。金色的頭髮、藍色的眼睛、高挑的身材、個性以及自信。妳的這些特色都是靠努力得來的嗎？」

狀況不太對勁。以之前的狀況來說，她在這時都會發出低吼，然後變得渾然忘我，但她現在有著完整的意識，而且還能說話。

「我和妳不同。我要……靠自己的力量贏下一切！」

這時，我察覺到了。

火焰是沒有影子的。

所以釋出火焰的她，也應當沒有影子才對。

然而，我看到了不該存在的東西。

絕對不該存在的東西，形成了輪廓。

她的影子——化為了**蜥蜴的形狀**。

不會錯的。

症狀變得更嚴重了，而且還急轉直下。

「住手，衣緒花！」

我吶喊道：

「她……蘿茲沒有做錯！妳再這樣下去……」

衣緒花舉著蘿茲，朝我看來。

她的雙眼理應熊熊燃燒，卻冰冷得讓人發寒。

「咿……」

我聽到蘿茲發出的短促尖叫。

火焰正逐漸朝著她的身上延燒。

「……對不起，是我不對。我果然應該在昨天幫妳驅魔的。是我選擇了逃跑，我逃避著惡魔……不對，逃避著妳。」

或者說，我是在逃避著揭露真相的責任。

「你在說什麼？」

「衣緒花，我查出妳的心願了。」

我閉上眼睛，做了一次深呼吸。

做出決斷的時間就只有短短幾秒。

老實說，我根本沒有做好覺悟。

然而，我不得不為此親手劃下句點。

「……就我所知，妳冒出火焰的案例共有六起。第一起，是我在屋頂上看到的那次；第二起，是我揭穿妳祕密的那次；第三起，是妳和蘿茲吵架的那次；第四起發生在試鏡會場，第五起則是為了照片，而現在則是第六起。這些案例都有共通點，每一次發生時，**妳的眼前都會有對象**，而那個對象則是**打算妨礙妳的行為**。」

衣緒花的表情沒變。我相信她有在聽，於是繼續說了下去：

「妳想在敘話的時裝秀裡出場，所以努力到了今天。然而不管做了多少努力，一旦在無關緊要的部分遭受到阻礙，就沒辦法拿出成果。一切都會變得一場空。而妳無法容忍這樣的狀況，所以妳——」

不得不承認，以驅魔師的身分和衣緒花共處的日子，讓我感到十分充實。那就是我一直以來渴望的生活。

然而，我不得不讓這一切結束。

既然成了驅魔師，就該克盡驅魔師的職責。

讓因惡魔而生的事，與惡魔一同結束吧。

「——**妳想將礙事的人全部燒掉**，好讓自己能贏。」

衣緒花的手——放鬆了力道。

蘿茲摔倒在沙坑上頭，她看似痛苦地咳嗽著。

「有葉同學，你是認真的嗎？」

衣緒花將熊熊燃燒的雙眼朝我看來。

「你是認真覺得——我為了自己、為了能贏、為了成功，不惜許下了想傷害別人、燒傷別人和殺死別人的願望嗎？」

「妳誤會了，這代表妳是嚴肅地……」

「哪有什麼誤會！」

她大吼著。

「有葉同學！你把我看成**那種人**了對吧！你一直……一直是這麼認為的對吧！」

她的嘴角瀉出了火苗。

「你說你會幫我驅魔，也總是擔心著我。你願意傾聽我的事，讓我非常開心。我以為你是懂我的。我昨晚睡得非常好，這都是因為有有葉同學陪伴的關係！」

從她眼裡滑落的，並不是淚水。

順著臉頰劃出軌跡，最後滾落在地的，是一團小小的火焰。

「但對你而言，你只是因為身為驅魔師，才會待在我身邊的對吧？一旦出現了比我更可憐的孩子，你就會出手幫忙吧？如果是比我更有才能的孩子，你一定會覺得那樣的對象更好吧？我懂，沒有任何人注視著我。我一點也不特別。因為，因為我——只是個隨處可見的『人偶』呀！」

「沒這回事！」

「那為什麼有葉同學沒有幫我，而是站在蘿茲那邊呢！」

「這和敵人或是友軍一點關係都沒有吧！」

「那就請你別阻止我！**只要沒了蘿茲，我就能實現夢想了！**」

聽到自己的話語，衣緒花驀然一驚。

沒錯。

衣緒花承認了。

承認了自己的願望，承認了自己的慾望。

「衣緒花，妳如果打算傷害別人……我就不能成為妳的友軍。」

我將視線從她身上挪開。

「心願已經真相大白。我想，惡魔一定已經被驅散了吧。就讓這件事到此為止吧。」

「有葉同學，你在說什麼……」

我將手伸向坐倒在地的蘿茲，蘿茲雖然一頭霧水，但還是握著我的手站起身子。

接著，蘿茲轉身面對衣緒花，開口說道：

「那個……衣緒花……蘿茲其實是來道歉的。」

「妳還在說什麼傻話……」

「蘿茲呀，其實一直認為衣緒花非常卑鄙。妳總是能好好地適應工作，也能結交朋友，是個**平凡**的日本女孩，這點讓蘿茲覺得很卑鄙。因為蘿茲和大家不一樣——因為蘿茲認為除了模特兒之外，自己就一無所有了。蘿茲覺得妳一直搶走了我的工作，所以蘿茲才認為，自己可以耍些小手段……」

蘿茲噙著眼淚說道：

「可是，蘿茲似乎搞錯了。衣緒花其實也很努力……根本沒耍什麼手段。對不起，蘿茲一直找妳麻煩，我不會再妨礙妳了。因為被選上的是衣緒花……衣緒花，妳就去參加時裝秀吧。」

「嗚……！」

兩人的雙眼筆直相對。

而隨著「砰」的爆裂聲傳來。

火焰也瞬間消失了。

「啊……怎麼會……真的……驅魔了……為什麼……」

衣緒花無力地頹坐在地。

「我居然……許下了……那種願望……！」

她其實很清楚。

這恰恰證明了我所說出的願望是正確的。

「惡魔，我不曉得你有沒有聽見，但從今而後，再也不會有人妨礙她了。她再也不會需要你的幫助了。」

而她想必也不再需要我的幫助了。

「有葉同學，等等，我……」

我沒有回頭，和蘿茲並肩邁步離去。

「再見了，衣緒花。」

除了這句，我不知道自己還該說些什麼。

我想，我們應該不會再見面了。

我聽著背後傳來的抽泣聲，和蘿茲一起離開了公園。

我不想承認，卻又不得不承認。
想脫胎換骨的心願，總是會喚來嫉妒、焦慮和扭曲。
而這樣的心願會由惡魔代為實現。
以火焰的形式顯現。
既然如此。
所謂的青春難道是一種罪？
而這就是衣緒花受到的懲罰嗎？
就算真的是這樣……
如此一來，惡魔肯定就消失了。罪孽也就此一筆勾消。
衣緒花會憑藉自己的雙手，依循正道實現自己的願望。
這樣就好。
我已經不用再陪伴她了。
鞋子踢飛了一顆小石頭，但我裝作渾然不知。

第8章　孤單的草莓甜甜圈

AOHAL DEVIL

「早安——男——友！欸欸，你剛剛在做什麼？蘿茲呀——等下要上體育課！可是啊——要是穿上體育服——蘿茲就會因為身體太過美麗——把體育課變成美術課呢——咦？你想看？真是的——男友這個色鬼！等下次獨處的時候再給你看吧！還有呀——！」

早晨的教室裡——

蘿茲正坐在我的課桌上，一臉得意地蹺著腳，還連珠砲似的向我搭話。

為什麼會變成這樣——我雖然想了想，卻得不出一個合理的答案。

不過，我也得知了一個明確的事實。原來蘿茲是這所學校國中部的學生。

她不是突然現身，而是一直在不同的校舍大樓念書，我只是不曉得這件事罷了。

當然，這完全無法構成蘿茲特地跑來高中部，還把我的桌子當成椅子占據的理由。

「妳為什麼會來這裡……」

「因為蘿茲不曉得怎麼聯絡男友呀。蘿茲想和你聊天，所以只能跑來你的教室啦。」

「我和妳沒有任何牽扯。」

「當然有牽扯啦。你不是從衣緒花手中保護了蘿茲嗎？」

「那是……任誰都會做的事吧。」

「你覺得蘿茲比衣緒花更好對吧？衣緒花都這麼說了。」

「不，我不是那個意——」

「不是嗎？那為什麼衣緒花會那麼生氣？」

「別再說了，這話不適合在這裡聊……」

「晚點聊就可以嘍？」

「我沒這麼說！」

「蘿茲放學後會來接你！啊，可是蘿茲好像比較早放學喔？算了算了，我會等你喔，男友！」

在蘿茲宛如暴風雨般離去後，留下來的就只有廢墟般的我，以及三雨像是在看垃圾般的視線。

「抱歉有葉，你們的聲音太大了，所以咱都聽見了。」

「嗯……三雨一點錯都沒有……」

「那到底是什麼狀況啊？」

「我也不曉得啊。」

「是像艾力．克萊普頓（註：知名英國音樂家，曾創作名為「蕾拉」的歌曲追求披頭四樂團成員喬治．哈里森的前妻貝蒂）和喬治．哈里森那樣的關係嗎？啊，當然在這樣的情境下，蕾拉指的是有葉就是了。」

「我愈聽愈糊塗了呢。」

「是說，你和小衣緒花發生了什麼事？」

「這……說來可真是話長……」

自那天之後，我就再也沒有見過衣緒花了。我雖然知道自己並沒有被封鎖，但我倆再也沒有聯絡過彼此。照理來說，我應該要主動聯繫才是。只不過，我完全不曉得自己該說些什麼。

我背叛了衣緒花。

而且還以最糟糕的方式，了卻了身為驅魔師的職責。

惡魔被驅散了。而驅散成功的代價，便是我永遠失去了和衣緒花之間的聯繫。

不對，這樣的認知實在太一廂情願了。

這不是驅散惡魔的代價。

單純只是我為了自己而逃避現實，想一再拖延問題的後果。

而自從那天之後，蘿茲就一直纏著我不放。

就算只是打個比方，我也不想用上「就像是和衣緒花換手似的」這樣的說法。我不曉得蘿茲把我看成什麼樣的存在，畢竟我連她的驅魔師都不是。

沒錯，我是衣緒花的驅魔師。不對，是「前任」驅魔師了。我既不特別高尚，也不特別低微。既然已經完成了任務，接下來只需回歸平穩的日常即可。讓一切照舊。

這是我最為期望的發展。

……理應如此。

但蘿茲——不對，我自己不想恢復原狀。

是那道熾熱過於強烈，連我的心都被扭曲了嗎？

在窗戶外頭，正下著一場似乎能撲滅任何火勢的滂沱大雨。

■

蘿茲在放學後真的現身了。而她把我帶去的地方，是Mister Donut。

我雖然拿了托盤，但沉重的腦袋無法挑選品項，只能呆站在地。而蘿茲則是把我晾在一旁，在哼著我從未聽過的歌曲的同時，堆起了小山般的甜甜圈。她沒有脫掉的亮黃色雨衣，和粉紅色的甜甜圈描繪出鮮明的對比。

「妳很喜歡吃這個呢。」

由於想不到該說什麼，我姑且對眼前的光景做出反應。

「因為和Dum Dum的甜甜圈很像。」

「鋼彈？」

「是Dum Dum，倫敦的甜甜圈店喔。蘿茲很喜歡那間店，因為爹地偶爾會買回來給我吃。不過蘿茲更喜歡日本的甜甜圈呢，因為明明價格便宜，吃起來卻很美味。」

說到這裡，她才發現我的托盤依舊空空如也。

「怎麼了，你很少來這裡嗎？這個很好吃喔，給你。」

說著，她將草莓甜甜圈放到了我的托盤上，隨即迅速結了帳，占好了用餐區的位子。我決定放棄思考，端著盛有與蘿茲同款甜甜圈的托盤前往收銀台。

我原本打算在蘿茲的對面入座，但蘿茲在脫去雨衣坐上沙發後，便「砰砰」地拍了拍自己隔壁的座位。雖說在四人桌相鄰而坐讓我覺得有些突兀，但我沒有抗拒的力氣，就這麼依照吩咐在她身旁坐下。

「這陣雨真大呀。蘿茲討厭日本的雨，因為很沉重呢。」

她看著窗外，就這麼吃起了甜甜圈。粉紅色的小小碎片掉進了盤子。聽到她的感想，我才真的感受到她是個外國人。

「蘿茲，妳是從英國來的對吧？」

「嗯，爹地現在也待在英國喔。他是在梅林（Merlin）……又好像是在摩根（Morgan）……總之是在一間沒怎麼聽過的公司工作。蘿茲是和媽咪一起住喔，但媽咪很忙，所以很少待在家呢。」

「哦，所以妳是跟著媽媽一起來日本的嗎？」

「不是喔，正好相反。蘿茲有兩個哥哥，也有兩個姊姊，大家都住在西敏市（Westminster）。但蘿茲的個性有點過於坦率對吧？」

「我不否認。」

「老實說，蘿茲應該要和兄姊們打成一片才對，但蘿茲總是和他們處不來，惹得爹地一直生氣呢。於是媽咪就把蘿茲帶到日本了。」

「是這樣啊……」

她在提到專有名詞時是用英語發音，讓我有些聽不太懂。雖然有些細節聽得有些迷糊，但簡單來說，她似乎是和母親一同來到日本的樣子。她之所以能說得一口好日文，看來是受到母親的影響。但無論如何，這應該都是一段坎坷的過往。

我也許是露出了擔心的表情吧，只見蘿茲先一步說道：

「但不用擔心喔。媽咪和爹地原本就感情不好，媽咪在日本也交了男朋友。蘿茲原本就很想來日本了，只是學校裡都是些小鬼，所以很不想上學呢。」

蘿茲說得輕描淡寫，但聽起來還挺錯綜複雜的。蘿茲無疑有著過於惹眼的外貌，再加上她的性格直來直往，想融入校園生活說不定很不容易。

而在聊天的這段期間，甜甜圈也一個接一個地消失在她的嘴裡。我忍不住將眼前的光景和**某人**連結到了一起。

「我這樣問或許很失禮，但妳這樣吃不會胖嗎？」

「咦？為什麼會胖？」

「這個……因為看起來熱量很高啊。」

「啊——好像有些人只要吃東西就會胖呢。蘿茲有聽說過喔。」

「哈哈……」

我發出了乾笑。

老實說，我不太清楚什麼樣的能力，才能稱作是模特兒的天賦。

如果她有著怎麼吃都不會胖的體質，那無疑就是一種天賦吧。

「你一直在問蘿茲的事呢。」

「咦？」

「蘿茲還以為，男友是為了打聽衣緒花的事，才會願意一起來呢。」

她以一副理所當然的口吻所描述的內容，化為利刃撕裂了我。

「怎麼大家都把我和衣緒花看成那種關係啊？」

一塊甜甜圈從蘿茲的嘴邊掉了下來。

「男友，你是認真的嗎？這一看就知道了吧？我想大家都看得一清二楚喔。」

「是知道了什麼東西啊……」

她嘆了口氣，拾起了盤子裡的甜甜圈碎片送進口中。

「哦——這樣呀——原來是這種感覺啊——不過，如果相處順利，蘿茲不也就……那個……有脈搏（註：日文的「有脈搏（脈あり）」意為「有機會交往」之意）？」

「沒有脈搏，我的心跳停了。」

「『心跳停』是什麼？」

「抱歉，當我沒說……衣緒花過得如何？」

我放棄抵抗，依她的發言發問。

「嗯——蘿茲其實也不曉得，但大概在準備時裝秀吧。」

到頭來，蘿茲其實也沒有提出進一步的抗議，似乎還向設計師道了歉。

換句話說，要在時裝秀裡出場的會是衣緒花。

這確實是她的畢生心願。

「蘿茲，妳覺得這樣好嗎？」

蘿茲嚼著甜甜圈，稍微笑了笑。

「蘿茲其實有去偷看一下衣緒花的狀況……但蘿茲贏不了『那個』呢。該怎麼說，她散發的氣場甚至有點嚇人。如果評審是看穿了這一點才挑上衣緒花，做出決定的那個人就真的很厲害呢。」

聽了這些話，我不禁感到五味雜陳。

在我的內心深處，其實是希望自己能幫上衣緒花的忙。然而，這只是我一廂情願的願望。既然已經完成了任務，她想必就不再需要我了吧。

「欸，既然蘿茲都說了，男友也坦白一下吧。」

她拉近了距離，觸碰著我的大腿。

「為什麼衣緒花會**燒起來**呀？」

這次連蘿茲都遭受波及，著實是千鈞一髮。我想，既然她都親身經歷過了，確實也有知曉的權利。

我簡單明瞭地做了最低限度的說明。

在聽完我的講解後，蘿茲用力點了好幾次頭。

「原來如此，是惡魔作祟呀──」

「妳相信嗎？」

她將我說的內容照單全收，其實讓我相當意外。不管怎麼聽，那都是相當天馬行空的內容，就連身為當事人的衣緒花，在一開始也是半信半疑的反應。

「蘿茲的哥哥有一段時間狀況不太好，雖然去了醫院等各種地方，但都沒辦法治好，最後則是去了教會。爹地一開始也是完全不相信，教會卻完全治好了哥哥。所以蘿茲也知道有這麼一回事呢。」

「等等，妳的意思是，令兄曾被惡魔附身過，然後有驅魔師出手驅散的意思？」

「嗯──應該就是這樣吧？」

這時，我想起佐伊姊現在應該正待在英國。難道說，惡魔在那個國家是一種耳熟能詳的存在嗎？

「不過，惡魔其實是一種心病對吧？教會的人是這樣說的。」

「唔……嗯……好像是喔……？」

總覺得這種講法過於草率，但又不能說是錯誤的。

「所以說，蘿茲才會變得不再撒謊。只要不高興就生氣，只要難過就哭泣。只不過，椎人曾訓斥我，要我更加知書達禮一點。還有啊，只要不讓自己冒出『早知道就該那麼做了！』的念頭，就不會有事了吧？因為惡魔很可怕嘛。」

我嚇了一跳。我不曉得那間教會是不是用和佐伊姊相同的理論定義惡魔，但總覺得這樣的說法很符合邏輯。

「也因為這樣，蘿茲變成了有點壞的孩子……不過，我會和衣緒花說對不起，是因為蘿茲真的覺得很對不起她喔。」

她這麼說著，擦了擦略微變紅的脖子。

蘿茲若沒有用上那麼強硬的手段試圖摧毀衣緒花，也就不會被衣緒花的火焰燒傷了。就這方面來說，蘿茲也算是受到了報應吧。

「希望妳這道燒傷不會留下疤痕。」

「這點傷勢應該會痊癒吧。不過……」

「不過？」

蘿茲露出了嚴肅的表情凝視著我。

「要是你沒有救蘿茲，我就沒辦法再當個模特兒了。所以，謝謝你。」

我不覺得自己有被她感謝的必要。

蘿茲的所作所為，再怎麼說都不能算是好事。

要是她四處傳播那張照片，衣緒花的模特兒生涯說不定就毀於一旦了。

即便如此，我也不認為這能構成傷害蘿茲的理由。

就只是這樣罷了。

「所以說，男友打算怎麼做？」

待我有所察覺時，蘿茲已經吃光了所有的甜甜圈。她一邊問我，一邊用紙巾擦拭嘴角。她的動作看似粗魯，但某些小動作又顯得格外優雅，看得出她受過良好的教育。

「什麼都不做啊。我已經成功驅魔了，之後就等衣緒花在時裝秀出場，然後以模特兒的身分繼續活躍即可。還有……」

「還有？」

「別再叫我『男友』了。我不是那樣的身分，只是偶然受到了任命，要做些驅魔師的工作罷了。」

「哦——」

蘿茲用修長的手指抵唇，稍事思考了一會兒。

「欸，男友你不是衣緒花的男友對吧？」

「我不是說過很多次了嗎？」

「那要不要當蘿茲的男友？」

「嗄？」

我不禁發出了怪聲。

「這不是挺好的嗎？來當蘿茲的男友嘛。」

蘿茲扯了扯我的袖子。

「不，可是……妳還只是國中生啊。」

「咦？這算什麼藉口？如果衣緒花是國中生，你就不會喜歡她了嗎？」

「衣緒花就是衣緒花，和年齡無關……不對，說起來，我根本不算是喜歡她啊。」

「咦——明明是不喜歡的女人，你還願意付出這麼多嗎？這不是很奇怪嗎？」

「這、這先不管。我對蘿茲一無所知，蘿茲也對我完全不瞭解對吧？」

「那你徹底瞭解衣緒花了嗎？」

「這……」

我當然不可能知道她的一切。

就連她現在可能在做些什麼都不得而知。

蘿茲敏銳地察覺到了我的動搖，重重地踩進了我的內心。

「又沒關係。你被她甩了對吧？那就試著來當蘿茲的男友嘛。蘿茲其實滿喜歡男友的喔。你會聽人說話，又不會把別人當傻瓜，而且是個男人，又救過蘿茲呢。」

那不都是些理所當然的事嗎——我原本想這麼說，但最後還是閉嘴了。我想，狀況其實完全相反。她迄今從未和別人構築過這般理所當然的關係。她說過自己總是和別人吵架，現在的她又是抱持著什麼樣的心情待在這裡、待在日本呢？

「男友也會很開心吧？因為蘿茲很可愛呀。」

「……我不能做這麼不負責任的事。」

「蘿茲之後會好好向你介紹自己的。如果不順利，分手不就得了？日本人都把這種事看得很沉重呢，反正不負責任又不會怎樣。」

蘿茲朝我靠了上來。因為她的個子比我高，是以我的頭頂到了她的臉頰。

「我、我考慮一下。」

「好耶！」

「不是啦！剛剛那句話是……委婉拒絕的表現啦……」

「委婉是什麼意思？」

「繞、繞圈子說話的意思……？」

「咦——什麼跟什麼呀？蘿茲不懂啦。」

我著實無話可說。不過，蘿茲語氣平淡地說了下去：

「只不過，蘿茲其實沒有很失望喔。畢竟人類的情緒，是沒辦法交代得一清二楚的嘛。」

蘿茲真是個不可思議的孩子。平時覺得她孩子氣，但偶爾又會變得極為成熟。

「我……沒辦法看得那麼開。」

「看得開？」

「這很難說明呢。簡單來說，就是還在念國中的蘿茲很厲害的意思。」

「就說和年齡沒關係了嘛。男友不是說過嗎？衣緒花就是衣緒花，那蘿茲當然也是蘿茲了。」

「唔——嗯，妳說得有道理……」

真的是敗給她了，我反而更像個無理取鬧的孩子。

就在我嘟噥著想再說些話的時候，她突然輕巧地站起身子。

「不過，蘿茲是很厲害的喔。男友，你這話倒是說得很對。蘿茲今後還會變得更厲害，因為我自己很清楚呢。蘿茲這次雖然輸給了衣緒花，但機會還多得是。我不會因為這樣就駐足不前喔。」

她站定的身姿震懾了我。

並不是因為身高的關係。

而是因為她有十足的把握。

只要還活著，自己就總有一天能成大器——她對此有著十足的把握。

那是我不具備的東西。

想必衣緒花也是一樣。

「啊，蘿茲差點忘了。這個給你。」

她遞到我手上的是一張紙。我先是下意識地收下，之後才明白是怎麼回事。

「你會來的吧？只要有這個就能進去了。」

「等等，我不打算……」

「只靠蘿茲一個人，哪可能弄得到這玩意兒呀？椎人也叫你來喔。」

聽到這個名字，大腦便以低沉的嗓音重播了那句話。

——看到你的臉孔，似乎會讓她更為安心。

但現在的我，已經沒辦法成為衣緒花的助力了。

我沒辦法回應這樣的期待。

「那蘿茲要先走嘍。男友要一起走嗎？」

「不，我……」

「咦——蘿茲很想玩那個呢。呃——是叫情侶傘來著？」

「妳不是穿著雨衣嗎？」

「你很不識相耶——一起撐傘才好玩吧？算啦算啦，下次再找你玩些更有趣的遊戲吧。那就再見啦！拜拜！」

蘿茲在將票券塞到我手裡後，便戴上了雨衣的帽子，一個人走入了雨中。她的步伐「啪嚓啪嚓」地濺起了水花，強硬地宣示著自己的所在之處。

我看著她的背影，驀地想到。

倘若就這麼跟上去……

成為她的——男友……

我是不是就不需要煩惱這麼多了？

這樣是不是就能忘記和衣緒花有關的一切？

我其實也很清楚答案。

這不是那麼容易的事。

桌面上，沒有動過的甜甜圈和一張票券正並排在一起。

第9章 內心追求的一切

AOHAL DEVIL

「抱歉，蘿茲，妳幫了大忙。」

「嗯嗯——不用客氣啦。不過，蘿茲以為你不會來呢。」

時裝秀當天……

到頭來，我還是來到了會場——逆卷體育館。

在和蘿茲道別後，我一個人煩惱了很久。就算到了今天，我也多次在會場周遭打轉，但最後還是來到了這裡。

我的內心也不是很明白理由為何。儘管如此，心底確實仍有些疙瘩存在。即便任務已經結束，還是有某些東西揮之不去。若能見證衣緒花走秀的瞬間，心中的這塊疙瘩是不是也能化為灰燼呢？總覺得我的內心深處抱持著這樣的期待。

全國女孩展演的會場，和我想像中的模樣大不相同。我以前曾稍稍瞥過時裝秀的影片，記得那是在黑色的地板旁邊擠滿了椅子，並讓模特兒在中央處走秀的活動，若要分類，算是一種莊重嚴肅的活動。這處會場的氛圍，卻給人——祭典般的印象。

觀眾從年齡和我相仿的人們到成年人都有，各式各樣的人們摩肩擦踵。各處都發出了亮晶晶的光芒，熱鬧得無以復加。而兜售相關商品的攤位，也給人露天小販的感覺。

由於人潮實在太多，加上我沒來過這裡，是以光是尋找入口就讓我頭昏腦脹。早知道會有這種狀況，以前就該和三雨一起去看場演唱會的——但這種事後諸葛自然是沒辦法解決問題。最後我只能聯絡蘿茲，窩囊地讓她過來接我，這才順利進場。

「早知道你會來，蘿茲就能當你的護花使者了。真是的，男友你也真是看……看外人？」

「妳是要說『見外』嗎？」

「大概是在說那個。」

蘿茲莫名得意地仰著身子說道。

「見外原本就是當作外人看待的借代，所以也不能算是說錯。」

這聲耳熟的低沉嗓音，即使是在嘈雜的人群中也顯得嘹亮。

我朝著嗓音的出處看去，便看到了有著厚實胸膛和端正臉龐的西裝男子。

「啊，清水先生。之前受您關照了……」

「好久不見了，少年。」

清水先生站到蘿茲身旁，向我打了招呼。

「蘿茲，妳已經向他道歉過了吧？」

「啊，嗯——算是有吧……？」

「蘿茲。」

清水先生把原本就很低的嗓子壓得更低，對蘿茲施壓了起來。

「對、對不起！」

「不，我並不介意啦……」

雖然接受了她的道歉，但要是衣緒花也就算了，我實在沒什麼受她道歉的理由。

「蘿茲，妳在待人處事上要更加細膩一些。注重禮節並不會帶來壞處。」

「媽咪也沒向我要求這麼多呀！」

「作為一名支援妳模特兒工作的經紀人，我很擔心妳會在與實力無關的領域吃虧——」

清水先生戳中了蘿茲的痛處，喋喋不休地說教了一番。

在這番攻勢下，蘿茲終究還是乖乖地反省了起來。隨即，清水先生轉身向我看了過來。

「我聽說了照片的事。這件事固然是蘿茲有錯在先，不過我也得叮嚀你幾句。你應該也不打算傷害衣緒花的職涯吧。我並不打算禁止你們交往，但還是該選在人煙稀少的地方，以健康的態度——」

「那……真的很抱歉。不過，那個……」

「怎麼了？」

「衣緒花還好嗎？」

聽到我的問題，清水先生露出了驚訝的神情。

「她沒有聯絡你嗎？」

「因為發生了一些事。」

「唔……」

清水先生抵著額頭，做出了像是在思考的動作。

「……但這反而說得通了。」

「您的意思是？」

「你問了『衣緒花還好嗎』對吧？那孩子很**完美**。現在的她……我想想，就像是一把研磨完畢的日本刀吧。我也沒料到她能將自己打磨到這種境界。」

「這……」

「在我看來，這也代表發生了某些事，才會讓衣緒花變得判若兩人。而你並沒有和她聯絡，這想必和衣緒花的**祕密**有關。我沒說錯吧？」

我一句話也說不出來。但對於清水先生來說，這樣的反應似乎也在預期之內。

「也罷，我不打算追問到底。畢竟就目前來說，她並沒有朝著壞的方向變化。」

說著，清水先生調轉了腳步。

「好啦，我現在得去休息室一趟，你要一起來嗎？」

「不……我……」

此時此刻的我，實在是沒有去見衣緒花的心情。

既然都驅散了惡魔，我還是別露臉比較好。我只會礙事罷了。

「這樣啊，我是不會勉強你……但我很擔心你啊。」

「您……擔心我嗎？」

「是啊。少年，可別留下遺憾啊。」

遺憾。

清水先生留下的這句話，重重地沉入了我的內心。

讓我感到遺憾的事情，已經發生過了。

事到如今，我已經沒有改變的力量——不對，是沒有改變的權利。

她已經走上正軌，而且抵達了「終點」。

我只要在旁見證就好。

如此一來，就能夠真正地回歸原本的日常。

我現在該做的，就只有這件事而已。

就在我追著情緒長出的尾巴原地打轉時，時間也迅速地流逝。我看了看手錶，確認時針朝著上方指去。

……時裝秀終於要開始了。

會場的燈光接連熄滅。

傳來了廣播的聲音。

螢幕發出了耀眼的光芒。

黑暗之中傳出了歡呼聲。

「要開始了。」

蘿茲的話語傳進了耳朵。

包含我們在內的無數眼睛，都靜靜地凝視著伸展台。

■

我人生首次參加的時裝秀，就此開始了。

休息室裡的螢幕，映出了五光十色的耀眼螢光棒。音樂和歡呼聲從遠方傳了過來。

這種宛如演唱會般的熱烈氛圍，正是全國女孩展演的特徵。

一般的時裝秀並不會配合音樂的節奏，而是要板著一張臉走著台步，優雅地秀出身上的衣物。不過這場時裝秀截然相反，不僅台步的步伐接近舞步，模特兒也要展露笑容。

所以我也迎合著現場的氣氛，讓自己處於高亢的情緒。

——不對，我撒謊了。我其實是情不自禁地高亢了起來。

這無疑是我從心底湧升的感情。

畢竟在此時此刻，距離我的夢想就只差臨門一腳了。

距離上場還有三十分鐘。

結束化妝的我，終於來到了舞台後方，換上今天要穿的衣服。

我遵照著造型師的指示，一一配戴起各種部件。雖說得在眾目睽睽之下脫光一回，但我並不在乎。就像不會有人會對裸體的假人模特兒感興趣一樣，這樣的道理也能套用在我身上。

如今，我的身體只為了讓衣服更加美觀而存在。

而在場的所有工作人員，都是為了這個目的而忙碌。

我們聚在這裡，是為了拿出更為巨大的成果。

所以，我打算把每一處環節都打理得盡善盡美。

無論是健康狀況、膚況還是台步都一樣。在得以出場後，我便下定決心，要只為了這一刻而活。不對，應該說，我這輩子都是為了這個瞬間而活才對。

展示在這場秀裡的所有服裝，都是以我的形象打造的。

手塚先生在錄取我之後，曾面對面地對我說過——

伊藤衣緒花的故事是《木偶奇遇記》。

我當時像是被雷打到了一般。閃過了某種預感的我，忍不住問了一句：「請問早期製作的星形髮夾，是以哪種故事作為設計靈感呢？」

手塚先生看似驚訝地笑了笑。

答案是——木偶奇遇記。

手塚先生不知道我很珍惜那個髮夾。但在看到我之後，他打算再次使用木偶奇遇記作為主題。這和他早期的作品主題一樣。

我不禁為之戰慄。真正的設計師，難道連靈魂的形狀都能看透嗎？

我還有另一個不得不問的問題。

「您評論我是個**隨處可見的人偶**，請問這是真的嗎？」

他說：「是真的。」

不過，手塚先生又補上一句：

「**正因為如此才完美**。」

我覺得這一切都是命中注定。

這是我的故事。由我擔任主角，只有我是特別的。

手塚先生之後就沒有多說什麼。就我認為，這代表我不需要再多問問題的意思。我看了他設計過的產品，搭配著木偶奇遇記，得出了我個人的解讀方式。

這是透過魔法的力量，讓**人偶**變成**人類**的故事。

實現願望的故事。

在彩排時換上的服裝，和我的身體十分貼合。這也是當然的，畢竟是為我特別訂製的——獨一無二的服裝啊。全國女孩展演普遍是走流行風格，想必這件禮服會顯得格格不入吧。但這樣的突兀感，恰恰能彰顯敘話的——不，彰顯出**我**的世界觀。

配合這套禮服的台步，也做過了足夠的練習。該怎麼讓衣服包覆身體，走路的時候該如何搖晃，這些都被我滴水不漏地掌握住了。這套衣服儼然成了我身體的一部分。

其他模特兒喧鬧聊天的聲音傳進了耳裡，讓我有種神經過敏的感覺。但我隨即做了個深呼吸，讓意識專注於自己的身體。

惡魔已經沒有附身在我身上了。

再也沒有東西阻撓我了。

衣緒花，要集中精神一點。

這和其他人沒關係，妳應該也很清楚吧？

驀地，胸口傳來了一陣輕微的痛楚。我的身體幾乎要憶起那一天的溫度了。那都是過去的事了，和現在無關。

沒問題的。

就算**吉明尼小蟋蟀**已經不在了……

我還是被選為模特兒，來到了這裡。

只為一個人打造的——特別的開場模特兒。

我再次打磨著自己的意識。只要看著自己就行了。

然而……

在造型師為我穿好衣服後——

我不禁驚呼出聲。

「這是……怎麼回事……」

周遭的工作人員紛紛變得臉色蒼白。

「對、對不起，我這就去確認！衣緒花小姐，請您在這裡待命！」

「喂，為什麼會鬧出這種烏龍！」

常保冷靜的清水先生，罕見地用粗魯的語氣說話。

從開始換上服裝的時候，我就覺得不太對勁了。

在幫我換上衣服的過程中，造型師的臉色愈來愈難看，在穿完的時候，我看得出她已經變得臉色慘白了。

我知道時裝秀總是會伴隨著難以預期的突發狀況……

所以也想過了各式各樣的可能性——

卻還是有例外。

「我不是再三強調過，穿衣服的時候要格外小心嗎！」

「您誤會了！這件衣服原本就是這個樣子！」

「原本是指什麼時候的事！是發生了意外嗎？」

「不，在結束彩排後，就應該被嚴加保管了起來……這實在是太不合理了！」

周遭的聲音變得愈來愈遠。

設計師手塚先生配合著我，做出了這套衣服。

為了傳遞我內心的故事，以及品牌的故事。

然而這套衣服——

被剪得七零八落。

原本長及腳踝的裙襬，如今卻短到只遮得住一半的大腿，被撕開的布料向下垂去，拖曳在禮服的後方。脖子被剪出縱向的裂痕，胸口則是破損到遮不住胸部。腰部一帶留下了無數刀痕，露出了側腹部。至於鞋子甚至被切成了兩半，似乎只能光腳上場了。

「這是……怎麼回事……」

感覺意識逐漸遠去。

工作人員們的吵鬧聲，聽在我耳裡就像是別人家的事似的。

「沒有別件衣服嗎？」

「哪可能有啊？這全都是訂製品啊。」

「得想辦法縫……不可能的！怎麼弄都來不及！」

「總之先調後出場順序！」

「不行！新聞稿已經寫明本次開場模特兒由衣緒花小姐擔綱了！」

「比讓她上場來得更好一點吧！」

為了確認被稱為「這個」的模樣，我尋找著附近有無鏡子。

不知為何，我卻遍尋不著。

啊。

我果然不該來這裡的。

不管怎麼努力，也不見得會有公平的回報。

我應該早就明白的。

「衣緒花小姐，雖然萬分抱歉，果然還是只能請您上場——」

我已經接受這是一起意外了。

不會有事的。

不管出了什麼樣的意外，專家就是該做好工作。

服飾沒有錯。

為了讓內心平靜下來，我試著想像了一下。

上台的我。慘不忍睹的衣服。一片靜默的觀眾。最後傳來了議論聲。那應該不會形成謾罵，要是真有謾罵，也不是會發生在現場，而是結束之後。因為照片會被刊在媒體上頭。我不曉得之後會發生什麼事，但能確定自己會變成笑柄。說不定，我之後會再也接不到模特兒的工作。

感受到體內的熱量，讓我閉上了眼睛。

沒問題。

我能上。

不管結果為何，我都會接納一切。

因為，我就是為此而來到這裡的。

通知開場時間的信號傳來，音樂隨之響起。

我很久以前就知道，今天演奏的是這首曲子了。

向星星許願（When You Wish Upon a Star）。

我向前踏出一步。

光腳踩踏的伸展台，讓我感受到深不見底的冰冷。

為了不讓人看穿心思，我將自信注入全身上下的每一處。

我盡可能以穩健的步伐邁步。

在踏入會場後，照明讓我的視野變得一片白。

下一瞬間，我聽到的——

並不是帶有困惑的嘈雜。

也不是排山倒海的謾罵。

而是——轟轟烈烈的歡呼聲。

我不明白發生了什麼事。

為什麼？

看到我這身打扮，為什麼還能發出這樣的聲音？

聽到有人呼喊著我的名字。

好可愛，好曼妙，好漂亮。

遠處傳來了稱讚的話聲，五花八門的螢光棒搖曳了起來。

我陷入一陣混亂。然而，已經成了反射動作的步伐，自動地讓我移動了起來。

而在抵達伸展台的最前端時，我要露出最為精彩的笑容。

……理應如此。

但我看見了——

在相關人士座位上，我看到手塚先生露出了心滿意足的笑容。

在有所察覺之際，我已經停下了腳步。

我的身體動彈不得。

我這下明白了。

大家在看的，是**敘話的開場模特兒**。

不是我，不是蘿茲，也不是其他人。

不管穿的是什麼，不管用何種方式走台步，都一點關係也沒有。

無論是努力。

還是心思。

都沒有看在眾人的眼裡。

那些積沙成塔、傾注過的東西，都變得毫無意義。

這條伸展台的盡頭什麼也沒有。

我——沒辦法成為特別。

既然如此，衣服也不需要了。

一切的一切。

都該消失殆盡才對。

奇怪？

我。

到底許了什麼願望？

我想成為什麼人？

有葉同學，我想不起來呀——

一瞬間，肌膚沸騰了起來。

空氣為之搖動。

每個人都在看我。

數百、數千——不對，數萬顆眼睛，都再次朝我注視而來。

音樂漸漸地愈來愈小聲。

然後，火焰覆蓋了這一切。

■

看到那樣的身影，我不禁倒抽了一口氣。

我覺得她很美。

那件禮服若從片面的角度來看，就像是被人給扯破。各處都看得見被剪開的痕跡，顯露出衣緒花白皙的肌膚。但若從**整體的輪廓**來看，就連我也都能明白，這是經過了精心計算後得出的成果。

流瀉的曲子是「向星星許願」。

我回想著《木偶奇遇記》的故事。

不曉得何謂善的不成熟**人偶**，在經歷過無數失敗後，終於實現了夢想，成為了**人類**。

在這一瞬間，衣緒花踏上了伸展台，以遍體鱗傷的身姿博得了滿堂彩。

而她即將成為**人類**。

乍看之下破敗如襤褸，卻在這種手法下變得更為美麗的衣服——正是衣緒花的**故事**本身。

只不過，衣緒花的狀況不太對勁。原本繃著一張臉的她，在邁步的過程中逐漸沉下了臉，步伐也像是灌了鉛似的愈走愈慢。

最後，她停下了腳步。

觀眾席發出了嘈雜聲。

我驀地察覺到了一件可怕的事。

若說設計師存在著唯一一個漏算的環節——

那便是**她是一名惡魔附身者**。

我已經有所預期。

在最糟糕的時間點，以最糟糕的形式……

我會明白自己並沒有驅散她身上的惡魔。

下一瞬間……

衣緒花爆炸了開來。

不對，應該說看起來是這麼回事。

視野被染成了一片雪白。

那已經不是火焰。

而是一場爆炸。

宛如地鳴般的巨響重擊著我的耳膜。

沉重的照明燈具紛紛掉落。

所有的相機都依序碎裂。

在化為黑暗的世界裡，各處都竄起了火苗，揚起了黑煙。

怒吼、慘叫、抽泣、地鳴、逃跑的腳步聲。

火焰宛如浪濤般，朝著觀眾席席捲而來。

「危險！」

在千鈞一髮之際，我用身體護住了蘿茲。

熱浪燒灼著我的身體。

驚人的熱度讓我發出了呻吟。

「嗚……！」

蘿茲從我的身體下方探出頭，發出了慘叫。

「男友，你沒事吧？」

「還、還行……」

「欸，這是怎麼回事？這也是惡魔搞的鬼嗎？衣緒花到底怎麼了？」

我也很想問這個問題。

周遭已經陷入了慌亂。所有的東西都熊熊燃燒著，所有人都急著往外逃。

一言以蔽之，這是一場**災難**。

要是有所謂的世界末日，肯定和眼前的光景差不了多少吧。

伸展台上燃燒著火焰。

由於過於刺眼，我看不見衣緒花的身影。

然而，她肯定還在舞台上。

只不過，現在——

「欸，該怎麼辦！蘿茲要死在這裡了嗎？」

——要以蘿茲的安全為優先。

「往這裡！」

我拉著她的手，朝著和出入口相反的方向前進。

我將她帶到了離觀眾席不遠，人潮相對較少的逃生出口。無論到了什麼地方，確認**避難路線**已經成了我的習慣。這種習慣卻在這時派上了用場，真是太過諷刺了。

好不容易抵達建築物外頭，便看到了黑壓壓的人群。有些人在遠處看著火災，有些人受傷倒地。總之，既然來到這裡，蘿茲應該就安全了。

「蘿茲！妳沒事吧！」

清水先生應該是一直在找她吧。在看到我倆的身影後，他便狂奔而至。

蘿茲哭了出來。

「椎人，我好害怕！到底發生什麼事了？」

「放心吧，守護妳的安全是我的責任。待在這裡就不會有事。」

「可是衣緒花呢？她燃燒起來了耶？」

「這……」

是我的錯。

這一切都是我的責任。

狀況再明白不過了。

惡魔沒被驅散。

這就是現實，是這麼一回事。除此之外沒辦法說明。

但這是為何？

她的**心願**不是已經實現了嗎？

這時，我驀地察覺。

我徹底明白了。

自己犯下了——一樁大錯。

是啊，佐伊姊不是說過嗎？有必要**湊齊所有的條件**。

她的面前總是會有想焚燒的對象。所以我是這麼下結論的——她想燒掉所有妨礙自己的人，想藉此成為第一。就實際情況來說，隨著蘿茲抽手，衣緒花確實獲得了想要的東西。

我原本是這麼認定。

但事實並非如此。

因為照這個思維回推……

我和衣緒花相遇的——在那個屋頂上發生過的事。

第一起案例不符合這樣的邏輯。

「我去找她。我沒辦法等消防隊來。蘿茲，妳在這裡乖乖待著。」

清水先生這麼說著，脫去了外套。我看到他結實的胸膛，以及襯衫上的黑色吊帶。

「不，我去找她。」

「不行，少年。我不能讓你涉險。」

「不對，我非去不可。」

「你在說什麼？要是受傷該怎麼辦？這有可能會喪命的。不行，還是交給大人處理吧。」

「不對，您錯了。對我——對我來說，我有著不得不去做的事！」

我只留下這句話，就衝了出去。

這是我招致的災難。

所以我該出面解決。

而且只有我能這麼做。

我有必須告訴衣緒花的事。

而這一次，我一定會驅散惡魔。

因為我是她的驅魔師。

■

「嗚，這股味道是……」

與熱氣一同直撲鼻頭的，是硫磺的味道。

呈碗狀的觀眾席，無數並排的椅子，狹窄的通道。

這一切都被火焰包覆著。

熱浪灼燒肌膚，強光刺激雙眼，各處都冒出了橘色火焰。就連不可燃的物體都遭到侵蝕，眼看就要被吞入火舌之中。被燒毀的設備殘骸，在各處堆疊成小山。光是待在這裡，身體就會遭到灼燒。

一言以蔽之，這裡就是所謂的**地獄**。

而在我的另一側。

從底側向外長長延伸的伸展台上頭——

形成了地獄的王座。

她就待在那兒。

「啊，有葉同學……你怎麼……」

那說話的嗓音，已經脫離了人類的範疇。

聽似高亢，同時也聽似低沉；聽似通透，同時也聽似渾濁；聽似渾厚，同時也聽似沙啞。在熊熊燃燒的體育館裡，她的聲音莫名地響亮。

我透過肌膚的感觸明白了。

這就是惡魔的聲音。

「請、請不要看我！」

而衣緒花的身姿也有了翻天覆地的變化。

落在她腳邊的少許焦炭，證明了衣服已經被她燃燒殆盡。無論是雪白的肩膀、豐滿的胸部、纖細的腰枝，還是凹陷的肚臍，全都袒露了出來。

不對，並沒有「全部」袒露出來。

還保持人類樣貌的，就只有這幾個部分而已。她整條手臂都被鱗片覆蓋，手肘以下的部分，甚至長出了好幾個荊棘般的尖銳物。修長的手指不自然地變得更長，形成了銳利的鉤爪。又粗又長的尾巴則是拖曳到了地面。

原本美麗的頭髮在扭曲的同時生長，此時到了及地的長度。而頭髮的縫隙則是穿出了好幾支銳利的長角。

然後——

在火焰之中依然綻放金光的縱裂瞳孔，捕捉到了我的身影。

「有葉同學，我……我變成**惡魔**了！」

她一開口，就能看見分成兩岔的舌頭。
這樣的身姿既不是蜥蜴，也不是暴龍。
簡直像是邪惡的巨龍。
居然會有這種情況？
這就是惡魔真正的姿態嗎？
原來我一直在和恐怖如斯的存在戰鬥嗎？
在這個節骨眼上，我再次被迫認清現實。我渾身發顫，冒出了想逃跑的念頭。
但我將這些想法塞進了身體的深處。
「等等我！我這就過去！」
「巨龍公主」就位於翻騰烈焰的中心處，我朝著她疾奔而去。
「嗚哇！」
火焰隨即沖天竄起，像是在阻撓我的去路。我在堆疊的瓦礫之中穿行而過。
一道又一道的火牆妨礙著我的前進。
我在滿天火勢中緩緩前行，朝著伸展台上方呼喚道：
「唔……衣緒花！」
太遠了，我的手搆不到。得更接近一些才行。
但我每跨出一步，火勢就變得更加猛烈。

就連我的身體都隨時會跟著起火燃燒。

「有葉同學，已經來不及了。我燒掉了好多東西，燒毀了一切！」

她每吶喊一句，嘴裡就會噴出少許的火苗，各處也接連發生爆炸，像是在迎接這些火苗似的。而每爆炸一次，熱浪就會讓空氣為之搖撼。

喉嚨已經受到了燙傷，沒辦法呼吸，針扎般的痛楚貫穿了全身上下。

即便如此……

我還是得前往衣緒花的身邊。

我以隨時都會垮掉的膝蓋勉強撐住身子，爬上了瓦礫堆，總算抵達了伸展台。

「對不起。」

我一開口，加熱過的空氣便灌入了肺裡。我總算能說出這句話了。

「有葉同學……你為什麼……為什麼要道歉？都是、都是我的錯呀。看了我這副模樣也能明白吧！我是——一個怪物！」

「不對，妳誤會了。」

「才沒有誤會！這就是我的真面目。我是個……心靈汙穢的女人。像我這種人，哪還有可能實現自己的夢想？沒有人會將目光放在我身上。早知如此……我就不要懷抱什麼夢想了。早知道打從一開始，就不要妄想成為特別的人了！這一切的一切都是我在痴人說夢！所以……所以我要接受懲罰！」

「衣緒花，別說這種話！」

我在伸展台上跨出一步，試圖接近衣緒花。

她卻拖著長了鱗片的腿後退一步。

我轉頭環顧著觀眾席。

一直到剛才為止，都還有著超過一萬人的觀眾待在這裡。

他們的視線全都傾注在衣緒花身上。

然而……

真正看著衣緒花的人，一個也沒有。

一個人也沒有。

不對，除了一個人之外。

我下定決心，吸了一口氣。熱度和痛楚迅速地滲進了四肢百骸。

即便如此，我還是得說個明白。

「……我應該要更信任衣緒花一些的。我那時的說明有誤，因為沒能滿足**全部的條件**啊。」

「條……件……？」

每當她腳步後挪，鱗片就會發出「嘎啦」的聲響。

「是我忘記了。在屋頂上——我首次和妳相見的那一天，明明四下無人，**明明沒有任何妨礙妳的人**，但衣緒花還是燃燒了起來。是這樣沒錯吧？我就是看到了那團火光，為了一探究竟而走上屋頂的。妳聽懂了嗎？妳不是為了燒毀我而燃燒的。**是因為妳正在燃燒，我們才得以相遇。**」

「有葉同學，你在說什麼……」

她縱長的瞳孔瞠得好大。

「我不該只思考**燃燒**的條件，也該考慮**滅火**的條件。妳噴出火焰的時候，便是沒有任何人看著妳的時候。那是妳想將自己的心思傳達給某人的時候。而在火焰消失的時候，總會有人——不對，是我！**我總是看著妳的內心！**」

「不要……快離我遠點……有葉同學……」

她的手、腳、尾巴和尖角都冒出了火苗。衣緒花抱著自己的肩膀，拚了命地壓抑著火勢。

火是由**光**和**熱**構成的。

我一直只注視著**熱**的部分。

強大的破壞力。能帶來震**撼**、衝突，足以粉碎物體的力量。

然而……

最重要的部分，其實是**光**。

那不是吞噬一切的烈焰。

而是試圖向某人傳達自己所在位置的燈火。

正因為有這樣的光芒，我才得以找到衣緒花。

得以和她見面。

就像是在汪洋裡追逐著北極星的船夫。

火焰從她的體內源源不絕地竄出，在轉瞬間形成了火柱包圍了她，並覆蓋了伸展台。火牆阻擋了我的去路。

不過，是否受到阻礙，其實已經不是問題了。

我想，衣緒花應該一直在哭吧。她的淚水很快就被火焰蒸發，化為蒸氣向上逸散。現在的她甚至不被允許哭泣。

「妳應該已經知道了吧？」

她的身體或許已經不再燃燒，但心靈肯定依然受到烈焰折磨。

我必須將這句話傳達過去。

「回答我，衣緒花，妳的心願是什麼！」

這是我最後的工作了。

「我的……心願是——」

衣緒花的——惡魔噴出的火焰，筆直地朝我撲來。

「——看我……我想要有人看著我！」

我拔腿衝刺。

我並沒有逃跑。

而是面對著逼近的火焰。

被燒得融化的鞋底，險些害我摔倒在地。

火舌爬上了我的身軀。

我聞到了烤肉的味道。

宛如千刀萬剮般的痛楚襲擊而來。

這是我的懲罰。

沒錯，我做錯事了。我搞錯了。

妳一直在求救。

妳不惜噴出火焰，也焦急地盼望著有人能看著自己。

到頭來，我卻只顧著凝視惡魔。

還恬不知恥地自稱驅魔師。

所以，衣緒花，我是心甘情願的。

就算被火焰燃燒。

就算妳再怎麼醜陋。

我再也不會從妳身上別開目光。

「衣緒花！」

「有葉同學！」

我穿過了火焰，向前一撲。

攤開的雙臂終於搆到了她。

我一直很想這麼做。

要是早點這麼做就好了。

我緊緊抱住了她。

在星星重力的牽引下，石頭墜落了下來。

我倆之間的距離首次變成了零。

「我一直很孤單……如果拿不出成績，就不會有人認同我……我很怕自己這一輩子都會是這個樣子……所以……我……」

熱浪燒灼著我的全身，荊棘刺穿了我的身體，濃煙燃燒著肺部，周遭沒有氧氣，讓我無法呼吸。

儘管如此，我還是擠出了最後的力氣，在她的耳邊宣告道：

「從今而後，我會一直看著妳的。我會看著妳、看著妳的一切——」

接著，所有的一切都被火焰籠罩了。

眼前所見的事物都被藍色的火焰包覆。

然後——火勢就這麼熄滅了。

在短短的一瞬間，所有的火焰都變得無影無蹤，簡直像是施了魔法一般。不對，這說不定原本就是一種魔法，畢竟是惡魔在作祟啊。

留在現場的就只有——

濃煙。

頹坐在地的我。

以及試著協助我起身的衣緒花而已。

我睜開沉重的眼皮，看到了恢復原狀的衣緒花就在我眼前。

啊，太好了。

看來這次是真的驅散了惡魔。

「有葉同學……有葉同學！」

她的聲音也變回了聽慣的語調。

我能感受到大顆的淚珠打在我的臉上。

我滿腦子想的都是「真是太好了」。

我沒被燒成灰燼，衣緒花也放聲大哭著。

我雖然想說些話，話語卻化為了空氣，就這麼溜出了我的喉嚨。

全身上下都痛得要命。

啊。

我難道要死了嗎？

但無所謂。

我原本就想過自己會變成這樣，也做好了覺悟。

在泛白而模糊的視野裡，我看到了衣緒花的身影。

她看著我，正在哭泣。

我強撐著最後一絲意識，向她伸出了手。

衣緒花握住了我的手。

她的手冷的像是冰塊一般。

這讓我覺得非常舒服。

啊，不行。

我們已經約好了。

我會一直看著妳。

所以，我得活下去才行。

要是惡魔真的存在。

不曉得會不會替我實現心願呢？

不管要支付什麼樣的代價都行。

我的喉嚨發出了不成聲的嘶喊。

救救我——

然而，惡魔終究沒有現身。

就在我即將放掉意識的那一瞬間……

在朦朧的視野之中，我看到很多身穿白衣的人們。

每個人都對我伸出了手。

原來如此。

來迎接我的不是惡魔，而是天使啊。

這是我最後浮現的念頭。

不過，我很快就明白了。

那些人其實並不是天使。

「讓開！找到急待救援者了！把他搬出去！」

我感受到身體飄浮了起來，就這麼被人扛上了肩。

這簡直就像是——

蒙主寵召般的體驗。

第10章 墜於石上的星星

AOHAL DEVIL

在那之後，已經過了整整一個月。

逆卷體育館的大火成了新聞頭條。由於所有的攝影機都在承受高溫的瞬間損壞，是以只拍到了衣緒花噴出火焰的那一瞬間。那段影片很快就在網路上瘋傳了起來。許多人臆測著火災的成因，警察和消防隊也認真地進行搜查，但最終還是無人能找出真相，只能以不明原因的爆炸事故作結。如果把她視為犯人，就無法說明她自燃的行為，而搜查方想必也無法想像出**惡魔**作祟的可能性吧。

成為話題中心的敘話展露出堅毅而真摯的態度，主動出面收拾善後。雖然一度承受了管理不周的罵名，但也在經過搜查後證明了清白。也因為他們的善後工作做得有條不紊，批判的浪潮很快就轉化為一面倒的讚聲。

伊藤衣緒花和敘話合作的秋冬服飾，就這麼以未完的形式結束，在某種層面上化為了傳說。相關話題在社群網站上也是討論得如日中天。到了發售日當天，相關服飾熱銷狂賣，很快就變成了稀有物品。真是搞不懂這世界到底是怎麼運作的。

首席設計師手塚照汰，在接受採訪時是這麼說的：

『在跨越種種難關的過程中，**邪惡**會明白何謂**善良**，**人偶**終將成為**人類**。名為人生的故事之中，總是充斥著各種意外。我們敘話在經歷這次的意外後仍會重新振作，創作出更加有力的故事。而我也很清楚，伊藤衣緒花的故事同樣是如此——』

另一個讓我驚訝的消息是，蘿茲不知為何，似乎和衣緒花變得非常要好。我雖然不明白總是水火不容的兩人為何會握手言和，但兩人好像往來得相當密切的樣子。她們都是從事模特兒的同行，肯定都會聊些很有內涵的話題吧……我雖然是這麼想的，但根據蘿茲的說法，她們似乎整天都在談論我的樣子。真是的，她們到底都談論了些什麼啊？儘管我很想打聽，但又缺乏聆聽的勇氣。

關切我的三雨在電話裡哇哇大哭，然後說了「反正你住院也很閒，就把搖滾樂的歷年金曲當成作業借你聽吧」。我其實覺得她大可直接發一份清單給我，但又覺得挑她語病很不厚道，於是就乖乖閉嘴了。她送來的ＣＤ大多有點老舊，歌詞也多半是英文，常常摻雜雜音的歌曲聽起來也有些刺耳，但我確實是感受到了歌手們賣力地傾訴的情緒。

也是在這段期間，我頭一次聽起了名為「二十世紀少年」的歌曲。

我在出院後，見到了返回日本的佐伊姊。我們聊了很多，但那個人展露的態度，自始至終都能用這句話作結——

『喏，我說的果然一點也沒錯吧？』

真是的，我都傻眼到說不出話來了。要是不拗她請吃一頓壽司，我可沒辦法消氣。當然，我要吃的是不會迴轉的壽司，而且還要算上衣緒花的那一份。

畢竟我每天都持續地登入著。與其說是在登入遊戲，不如說是在登入這個世界。

我有一段時間沒和衣緒花見面了。

雖然透過傳訊得知了彼此的近況，但我用上了各種理由，讓見面的時機一再延後。而我也以住院為由，和學校請了一段時間的病假。

因為在這段期間，我有件非做不可的事。

在把這件事完成之前，我是沒臉去見衣緒花的。

而在好不容易將這份**作業**交出了可以接受的成績後，我來到了學校。

並且在放學後將衣緒花叫到了屋頂上。

我仰望著天上的薄雲好一陣子後，門鎖故障的門扉便發出聲響打了開來。

現身的是一段時間沒見的她。

衣緒花在關上屋頂的門扉後，緩緩地朝我走近。她先是沉默了一陣子，這才支支吾吾地開了口：

「那個……好久不見了。」

「好久不見。」

「呃……你的身體還好嗎？」

「已經康復嘍。因為一度進入瀕死狀態，這恢復的速度連醫生都嚇了一跳呢。」

「這樣啊。太好了……」

她像是由衷感到慶幸似的，按住了自己的胸口。

「根據佐伊姊的說法，**亞米**似乎實現了我一部分的心願。但祂為什麼沒附身在我身上，就是我不曉得的事了。」

「請等一下，亞米是什麼？」

「好像是附身在衣緒花身上的惡魔名字。聽佐伊姊說，惡魔一共被分成了七十二種，而衣緒花的是第五十八號的樣子。」

「這樣啊……那就是……我的……」

在沉默了一小段時間後，衣緒花再次直視著我。

「那個……有葉同學……」

「怎麼了？」

「對不起。」

衣緒花說著垂下臉龐，露出了像是看到世界末日般的神情。

「我被惡魔附身，把整個體育館都燒掉了，而且傷害了有葉同學……你也是因為這樣而討厭我，遲遲不肯和我見面對吧？我認為這是很正常的，因為我真的做了很壞的事……」

她用力揪住了兩側的裙襬，垂著目光嘟囔道。這樣的反應讓我有些吃驚。

「我還以為妳會對我說——『都被超人氣名模叫出來露面，你當然也只能乖乖奉陪了』。」

「我、我才沒有那個意思！」

真不像衣緒花的反應——應該說，在繞了個大圈之後，這種反應倒也很符合衣緒花的風格呢。

「呃，我才要向妳道歉。我並沒有那樣的打算，只是手邊有些不得不先處理的事情罷了。」

「不得不先處理的事？」

「嗯。」

我從背包裡取出了一個包裝精美的小箱子。

我請店家為箱子綁上了藍色緞帶。

「這個送妳。」

「咦？送給我嗎？」

「還有其他人嗎？」

在我的催促下，衣緒花露出了像是被魔術唬得一愣一愣的神情，接過了箱子。

「呃，為什麼……」

「別問這麼多了，打開來看看。」

她小心意義地剝掉底側的膠帶，在發出「唰唰」聲的同時拆開了包裝。

接著，她戰戰兢兢地打開了裡面的灰色盒子。

「啊……！」

她來回看著箱子的內容物和我的臉孔。

「這難道是……不會吧……」

「戴上看看？」

過了不久，她以顫抖的手指取出了**那個**，別上了自己的頭髮。

「好、好看嗎？」

「太好了，很適合妳呢。」

那是個別上了藍色**小石頭**的髮飾。

「謝謝你。不過，你為什麼……」

「嗯——只能說是一時興起吧。為了找到理想的商品，我真的花了很多時間。我認為在挑到好貨之前，是不該和妳見面的。雖然不是什麼高檔貨……但我覺得就是這個了。我認為這個一定最適合衣緒花。」

「怎麼會……你怎麼就為了這點小事！你知道我這段日子有多難熬嗎！我真的……真的每天都過著坐立難安的生活呀！」

她的眼裡逐漸浮現出打轉的淚水。

她的話聲也逐漸變得不再順暢，最後幾句甚至帶著哭腔。

「不過，妳不是弄丟了護身符嗎？」

「我不是說過沒關係嗎！因為……」

「嗯，所以這個呢，我想想……不是護身符，應該是**標記**吧？」

「標……記？」

「我們不是約好了嗎？我會一直看著妳——所以無論衣緒花在哪裡，我都希望能一眼認出妳來。這是為了不讓妳離開我的視線，為了讓妳不用再燃燒自己。」

我仰望著天空。

沒錯。

因為我和她約好了。

即便沒辦法像群星那般閃爍……

對於小石頭來說，要守望一顆星星還算不上難事。

「有葉同學，你這是……！」

「嗯，因為我是妳的驅魔師嘛。」

奇怪？

我突然覺得氛圍驟變，於是看向了衣緒花。

只見她明顯地露出了不快的表情。

我覺得剛才那句話說得挺帥氣的啊？

就在我偏頭不解的時候，衣緒花像是要甩開眼淚似的，用力哼了一聲。

「……我啊，其實是個很麻煩的女人。」

她這麼說著，朝著我踏出一步。

「雖然自恃甚高，但其實缺乏自信。」

那張美麗的臉蛋逐漸湊近。

「看起來是個努力家，卻過著自甘墮落的生活。」

長長的頭髮自肩膀垂落。

「無論何時，只要不被當成特別的存在，我就會鬧脾氣。」

銳利的雙眼鎖定了我。

「要是敢看其他的女生，我說不定就會噴出**嫉妒之火**喔？」

藍色的石頭綻放出深色的光輝。

「不過，我會讓自己更加閃爍的。我會用自己的方式，絕對不會讓你移開視線。所以——」

然後在那一瞬間……

「——要好好看著我喔，有葉同學。」

世界變得天翻地覆。

就像是要證明這個世界從一開始就沒有所謂的特別似的。

我們從今而後，想必也還會因無法實現的願望感到焦躁難受吧。

只要**青春**尚存，**惡魔**就會再次現身。

每每遇上這種狀況，我們就得為此煩惱、受傷，有時還會傷害到別人，並繼續活過每一天

吧。

只不過，我想我們一定沒問題的。

就算星星燃燒了起來，就算石頭墜落下來，我們也不會像恐龍那般滅亡。

因為我們已經學會了不向**惡魔**，而是向**星星**許願的方法。

在我們的上方，蔚藍的天際正無垠無涯地延伸著。

—AOHAL DEVIL—

PURIFIED

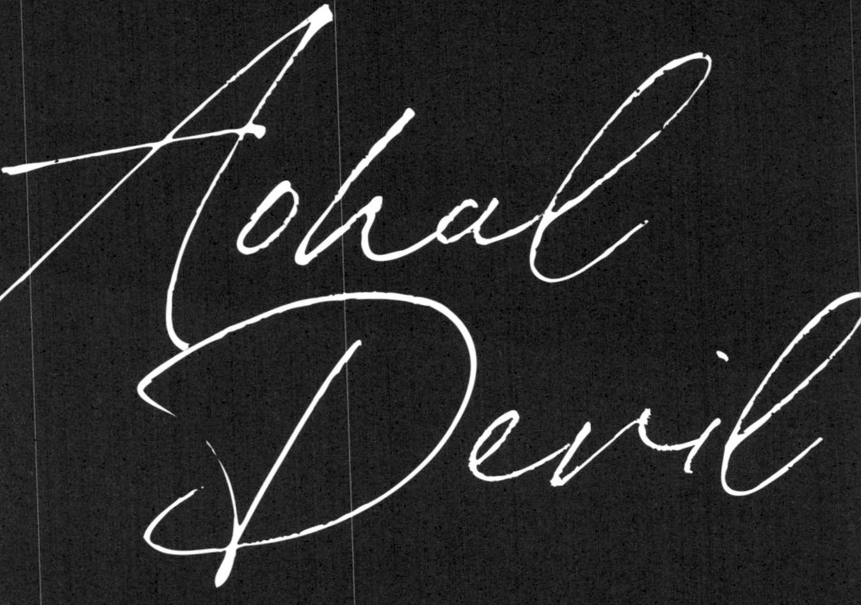

[**CAST**]

IOKA ITO

ARUHA ARIHARA

MIU MIYAMURA

SAI SAITOU

KANAME KANEKO

ROSAMOND "ROSY" ROLAND ROKUGOU

SHIITO SHIMIZU

TERUTA TEZUKA

[**STAFF**]

TEXT : AKIYA IKEDA

ILLUSTRATION : YUFOU

DESIGN : KAORU MIYAZAKI(KM GRAPH)

EDIT : TOSHIAKI MORI(KADOKAWA)

SPECIAL THANKS :

KAZUKI HORIUCHI

KENJI ARAKI

KANAMI CHIBA

KOU NIGATSU

TAKUMA SAKAI

KOTEI KOBAYASHI

REKKA RIKUDOU

MIYUKI SAKABA

TOMOMI IKEDA

[**LIST OF BOOKS BY AKIYA IKEDA**]

OVERWRITE:THE GHOST OF BRISTOL

OVERWRITE2:THE FIRE OF CHRISTMAS WARS

OVERWRITE3:LONDON INVASION

AOHAL DEVIL

~~終章~~ 序章
~~超載~~ 失真

我其實也被自己嚇了一跳。

因為從未想過會有這樣的事情發生。

大概是從那一天起，就產生了那樣的情緒吧。

從被**你**拯救的那一天起。

就算什麼也不做，就算漏看了那一瞬間，也不會有人責備。

你卻挺身接住了它。

拯救了理應會就此毀壞的物品。

所以想更加認識你，更想聽你說話，更想就近待在你身邊。

想要維持著這樣的日子，又希望哪天能有所變化。

像個孩子般相信能如己所願。

明知這兩者之間有所矛盾，卻又刻意裝作渾然不知。

無可取代的寶物，總是在失去後才知道它的好。

究竟哪裡有錯？

想把沒能拿到手的東西弄到手，難道是一種罪惡嗎？

讓這樣的永遠失之交臂，是一種懲罰嗎？

每次都是這樣。

在兩者之中必須擇其一的時候……

自己總是絕對不會被選上的一方。

倘若能改變這樣的命運——

要犧牲什麼都行。

聽著耳機傳來的扭曲吉他聲，靜靜地閉上了眼睛。

咱追逐起在眼皮底下出現的**兔子**。

To be continued to

–AOHAL DEVIL 2–

義妹生活 1~7 待續

作者：三河ごーすと　插畫：Hiten

「追求自我本位的幸福。」
兩人逐漸登上從「兄妹關係」通往情侶的階梯……

隨著與悠太的距離持續縮短，沙季雖然對「彼此的關係要受所有人歡迎有多困難」這點有所體悟，依舊渴望與他有更多互動。然而儘管身處特別的日子，兩人在外卻難有情侶的交流，反而更加感受到距離……最後，總是壓抑自身心意的兩人採取了某種行動——

各 **NT$200~220/HK$67~73**

因為女朋友被學長NTR了，我也要NTR學長的女朋友 1~3 待續

作者：震電みひろ　插畫：加川壱互

餘情未了？別有所圖？
以選美比賽為舞台，前女友即將展開報復？

在蜜本果憐的安排下，燈子被迫參加校內選美大賽，卻意外陷入苦戰。優提議以燈子罕為人知的可愛一面來博取支持，結果又是做菜又是穿泳裝，甚至還得展現令人難以想像的一面？兩人被前女友來襲的狀況耍得團團轉，戀情究竟會如何發展？

各 **NT$220~250/HK$73~83**

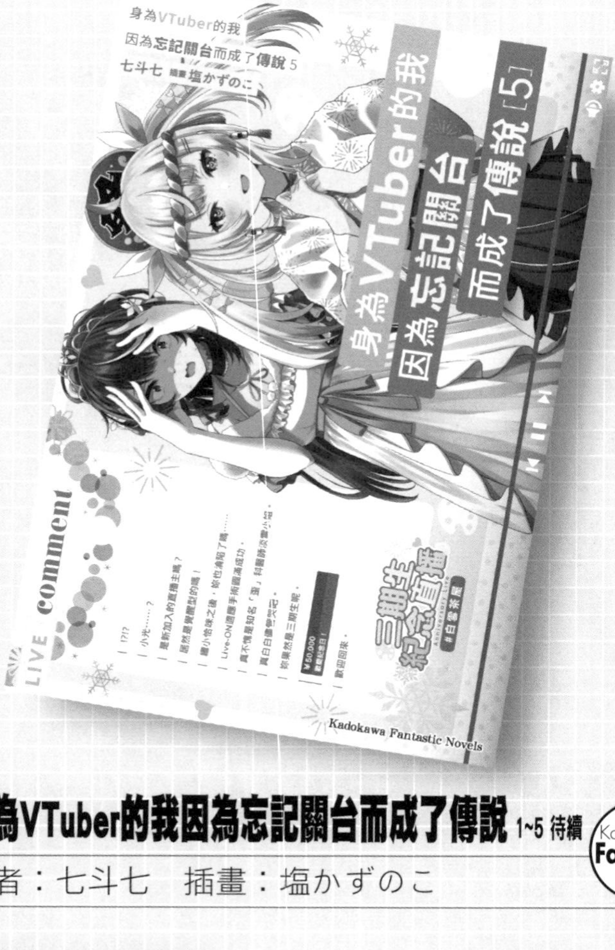

身為VTuber的我因為忘記關台而成了傳說 1~5 待續

Kadokawa Fantastic Novels

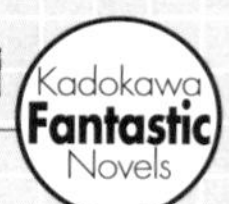

作者：七斗七　插畫：塩かずのこ

衝擊的VTuber喜劇，
熱鬧慶祝週年的第五集！

淡雪著手籌備接著即將到來的「三期生一週年紀念」活動，然而……活力充沛的好孩子小光居然因為努力過頭，把喉嚨操壞了？儘管小光說什麼都不願乖乖休息，但在淡雪將「觀眾的心聲」傳遞過去後，她的心境也逐漸起了變化——

各 **NT$200~220/HK$67~73**

一點都不想相親的我設下高門檻條件，
結果同班同學成了婚約對象!? 1~6 待續

作者：櫻木櫻　插畫：clear

戀愛觀的差異，使由弦和愛理沙之間產生隔閡——
假戲成真的甜蜜戀愛喜劇，獻上第六幕。

某天，愛理沙瞞著由弦，開始在他打工的餐廳工作。由於事發突然，由弦為此困惑不已，試圖詢問愛理沙打工的理由，但她堅持不肯透漏。正當他懷著複雜的心情之際，卻忽然被愛理沙塞了張電影票，趕出家門……

各 NT$220~250/HK$73~83

砂上的微小幸福

作者：枯野瑛　插畫：みすみ

「邪惡的怪物應該消失。你的願望並沒有錯喔。」
這是某個生命活了五天的故事——

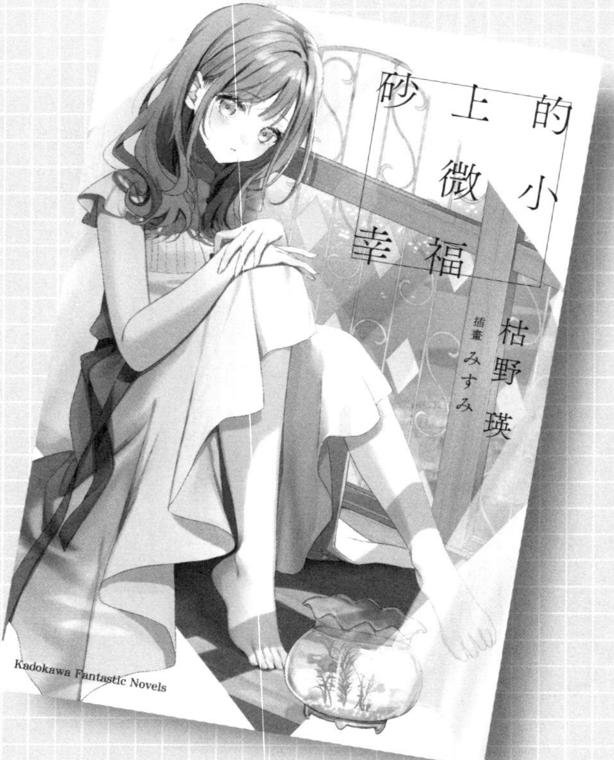

商業間諜江間宗史因任務而與女大生真倉沙希未重逢，卻被捲入破壞行動。祕密研究的未知細胞救了瀕死的沙希未。名喚「阿爾吉儂」的存在寄生於其體內，以傷勢痊癒後歸還身體前的期間為條件，與宗史生活在同一屋簷下……

NT$270/HK$90

豬肝記得煮熟再吃 1~7 待續

作者：逆井卓馬　插畫：遠坂あさぎ

與潔絲一同找出瑟蕾絲不用喪命的方法——
根本是豬左擁右抱美少女的逃亡紀行？

為了讓變得異常的世界恢復原狀，瑟蕾絲非死不可？我們與被王朝軍追殺的她展開充滿危險的逃亡之旅，朝「西方荒野」前進。被兩名美少女夾在中間的火腿三明治之旅，出現了意料外的救兵。救兵真正的意圖是？而瑟蕾絲始終如一的戀情，又將會何去何從

各 **NT$200~250/HK$67~83**

國家圖書館出版品預行編目資料

青春與惡魔 / 池田明季哉作 ; 蔚山譯 . -- 初版 . --
臺北市 : 臺灣角川股份有限公司 , 2023.11-
冊 ;　公分
譯自 : アオハルデビル
ISBN 978-626-378-164-1(第 1 冊 : 平裝)

861.57　　112015445

Kadokawa
Fantastic
Novels

青春與惡魔 1

（原著名：アオハルデビル 1）

2023年11月15日　初版第1刷發行

作　者：池田明季哉
插　畫：ゆーFOU
譯　者：蔚山

發行人：岩崎剛人
總編輯：蔡佩芬
編　輯：邱瓈萱
美術設計：李思穎
印　務：李明修（主任）、張加恩（主任）、張凱琪

發行所：台灣角川股份有限公司
地　址：104台北市中山區松江路223號3樓
電　話：（02）2515-3000
傳　真：（02）2515-0033
網　址：www.kadokawa.com.tw
劃撥帳戶：台灣角川股份有限公司
劃撥帳號：19487412
法律顧問：有澤法律事務所
製　版：巨茂科技印刷有限公司
ＩＳＢＮ：978-626-378-164-1
